納蘭性德　著

盛冬鈴　選注　　梁璇筠　導讀

納蘭性德詞選

責任編輯	許正旺
版式設計	任媛媛
封面設計	道　轍

書　　名	納蘭性德詞選
著　　者	納蘭性德
選　　注	盛冬鈴
導　　讀	梁璇筠
出　　版	三聯書店（香港）有限公司
	香港北角英皇道 499 號北角工業大廈 20 樓
	Joint Publishing (H.K.) Co., Ltd.
	20/F., North Point Industrial Building,
	499 King's Road, North Point, Hong Kong
香港發行	香港聯合書刊物流有限公司
	香港新界荃灣德士古道 220-248 號 16 樓
印　　刷	美雅印刷製本有限公司
	香港九龍觀塘榮業街 6 號 4 樓 A 室
版　　次	1998 年 6 月香港第一版第一次印刷
	2021 年 6 月香港第二版第一次印刷
規　　格	特 32 開（105 mm × 165 mm）272 面
國際書號	ISBN 978-962-04-4818-8

© 1998, 2021 Joint Publishing (H.K.) Co., Ltd.

Published & Printed in Hong Kong

本書原為我公司出版的《中國歷代詩人選集》叢書（劉逸生主編）之一。

再版説明

　　"三聯文庫"自一九九八年出版，遴選中外文學代表作，包羅古今文類。文庫前後收錄小說、詩詞、散文、戲劇、翻譯作品等八十二種，為讀者提供豐盛的文學滋養，有利於讀者輕鬆閱讀、欣賞經典。

　　文庫初版時值本店成立五十週年，如今本店已逾從心之年，故將重版本文庫以作紀念。為滿足大眾讀者需求，是次再版仍維持優惠的定價，設計則凸顯書本手感與閱讀內文的舒適度，更特邀資深中文科老師、作家撰寫導讀，引導讀者品賞名作。

　　為保全作品原貌，編輯不對原書內文作明顯改動，只修訂部分文字、標點、注釋資料等錯處，以示尊重。雖經細緻校正，惟編輯水平所限，錯漏難免，懇請讀者指正。

三聯書店（香港）有限公司

出版部

二〇二〇年一月

目錄

導讀

梁旋筠

讓我們來看天才型貴公子納蘭容若，如何把才情和夢想，送給多情眾生——還有他身處的那個蒙著陰影，卻正旭日初升的朝代。

納蘭生於康熙帝初年間，整個國家千頭萬緒，在血河中站起來的政權，正要開展滿漢融和的大時代。生為滿族相國府公子，錦衣玉食、身份尊貴的納蘭性德，擁有天賦才氣才情。他既有文人的貞節 ，得蒙聖恩欲報效之的決心；但同時性情卻更近於前朝那些明代遺民。他欣賞那些義人，擁有悲天憫人的情懷、同時也感悟到所謂命運、人生選擇，本來就是飄泊無定的。這都使納蘭性德年輕的身軀，背負著憂患與傷逝，也成了他生命的第一道課題："人生如夢"。

穠華如夢水東流

見《風流子‧秋郊即事》一首：

人生須行樂，君知否？容易兩鬢蕭蕭。自與東君作，劃地無聊。算功名何許？此身博得，短衣射虎，沽酒西郊。便向夕陽影裏，倚馬揮毫。

這首詞有納蘭詞少見的明快。感慨時光易逝，納蘭作出大聲明確的建議：人生就要"短衣射虎，倚馬揮毫"！而且得盡快做，這不是為了功名，是為了趕在老去之前認認真真地活一場，盡興一回。

此詞也是贈友人的，"君知否？容易兩鬢蕭蕭"一句見其情真意，語氣豁然，直抒胸懷。

有關"建功立業"的想法，又見《鷓鴣天》：

獨背殘陽上小樓，誰家玉笛韻偏幽？一行白雁遙天暮，幾點黃花滿地秋。　驚節序，嘆沉浮。穠華如夢水東流。人間所事堪惆悵？莫向橫塘問舊遊。

好一句"驚節序，嘆沉浮"。也是人生難安、得失難料之嘆！納蘭深受皇帝器重，放在身邊作侍衛。可是這個看似尊貴無比又能時時面聖的職責，卻使納蘭一時又不能建功立業，然後又常耳聞目睹皇宮作為權力及慾望的核心之恐怖處。這種種複雜和邪惡正使心思純正、重情重義的納蘭深為驚恐、不屑、憤慨卻又無能為力。"人間所事堪惆悵？莫向橫塘問舊遊"發自胸臆的一腔真情，感慨，納蘭唯有把其化入詞中。

葉嘉瑩在《清詞選讀》中曾評清代詞人及詞的復

興：“掌握了詞的曲折深隱言外之意的美。” 而這種通達與幽深，也可說是與詞人的歷練成正比的。

又讀《江城子》一首：

濕雲全壓數峰低，影淒迷，望中疑。非霧非煙，神女欲來時。若問生涯原是夢，除夢裏，沒人知。

這首詞可說是靈光一閃，道出命運的神秘。“濕雲” 可比擬是人生中遇到的困難時刻，把我們原來的樣子掩蓋了，甚至壓住了。某些日子，我們會突然懷疑本來相信的一切。尋道之人，卻 “只在此山中，雲深不知處”（賈島《訪隱者不遇》）。我們都曾在如斯的處境中，然而還不能知道全局時，正是 “花非花，霧非霧”。這時候，總會引來奇妙的緣份，柳暗花明。到底那是一段怎樣的經歷呢？李商隱《無題》詩：“神女生涯原是夢，小姑居處本無郎”，對神女來說可能是虛空的，然而她所創造的 “沒人知” 的幻境／夢境，卻在不知不覺間給了我們人生的啟示和開悟。

納蘭容若是以 “情義” 來超脫命運的擺佈。他有著貴公子應有的胸懷抱負，又更能同情共感。有一份義勇、平等的氣質，仿似賈寶玉的靈逸之氣，能潔身自好，像青池中的一盞蓮花。他總是同情、欣賞那些本在世俗的眼光中比他卑賤的人。他看到的，是各人的個性與才情，而不是他們的家世地位。

見《金縷曲·贈梁汾》：

德也狂生耳。偶然間、緇塵京國，烏衣門第。有
酒惟澆趙州土，誰會成生此意？不信道、遂成知己。
青眼高歌俱未老，向尊前、拭盡英雄淚。君不見，月
如水。　　共君此夜須沉醉，且由他、蛾眉謠諑，古
今同忌。身世悠悠何足問，冷笑置之而已。尋思起、
從頭翻悔。一日心期千劫在，後身緣、恐結他生裏。
然諾重，君須記。

納蘭情感豐富，而這有一份純粹的友誼，不沾世
俗，自帶貴氣。他為朋友"青眼高歌俱未老"，見一
份生命的本真。他是性情中人，有人的真精神，亦有
人的真情感："共君此夜須沉醉，且由他、蛾眉謠諑，
古今同忌"、"後身緣、恐結他生裏"這種坦誠信任、
相濡以沫，完全沒有受到僵化的儒家套路習氣所染，
很難得。字裏行間，道出友誼的珍貴。這也是納蘭的
詞能感動後世人的原因。

夢好莫催醒

納蘭是貴公子，平日衣食無憂，卻承受了不少精
神上的負擔，因而常感慨於情隨事遷、浮雲易變。天

性情思敏銳、品位高，追求至真至美，在精神上大概有潔癖。唯是如此，他能在現實中敏銳地找著人生之真正"美"和永恆的一瞬間，寫成"幻夢"之詞。

《眼兒媚》便美不勝收：

重見星娥碧海槎，忍笑卻盤鴉。尋常多少，月明風細，今夜偏佳。　　休籠彩筆閒書字，街鼓已三撾。煙絲欲裊，露光微泫，春在桃花。

"重見星娥碧海槎，忍笑卻盤鴉。"戀人之間才知道的密碼、暱稱，還有那"天地間只看見你"的愛意，畫下甜蜜的開首。"休籠彩筆閒書字"一句，是欲蓋彌彰，心潮澎湃！結尾兩句無限暖意，納蘭這樣收結柔情蜜意，不落俗套。

人間最美的事，就是相愛的人久別重逢。古代社會通訊艱難，世途險阻，每一次生離，誰知道不是死別呢？因而詞人也總是多愁善感，滿紙淒淒。難得這首詞歌頌了重逢的美好和喜悅，寫成日常的昇華——"幻夢"之美。

常常說納蘭最掛念的，是他年青時的妻子。讀悼亡詞《沁園春》：

瞬息浮生，薄命如斯，低徊怎忘？記繡榻閒時，並吹紅雨；雕闌曲處，同倚斜陽。夢好難留，詩殘莫續，贏得更深哭一場。遺容在，只靈颸一轉，未許端詳。　重尋碧落茫茫。料短髮、朝來定有霜。便人間天上，塵緣未斷；春花秋葉，觸緒還傷。欲結綢繆，翻驚搖落，減盡荀衣昨日香。真無奈，倩聲聲鄰笛，譜出迴腸。

納蘭與早逝妻子盧氏，也只能魂牽夢縈。天上人間難以會面，但真誠的愛情是剪不斷的：「雕闌曲處，同倚斜陽。」然而在夢中醒來，重回所謂現實之中，更加感受到深深的空虛和悲哀。人生本如夢，妻子的一生竟然比他更短促，「只靈颸一轉，未許端詳」，還未及細看，真是好比一場夢中之夢。盛放的鮮花與所有的美好，竟然就被狂風吹沒，驚鴻一瞥。

「便人間天上，塵緣未斷」，那是何等執念！我佛說：「無貪嗔癡」，可無癡也無情啊，納蘭就是情深一往，不能自拔。既然如此，只能又折返夢中。寫詩是他和妻子寄情之事，詞序說明：「婦素未工詩，不知何以得此也。覺後感賦長調。」如能回到夢中，那麼就能夠繼續未寫完之詩：「詩箋未續」，夢中既可倚偎，甚至能為她在夢裏圓夢，共渡如尋常日子的好夢。

蘇軾的《江城子》也是悼亡詞，也是由一個無比真實的夢引發：「小軒窗，正梳妝」，兼感慨別後命運折騰「相對無言，惟有淚千行」最後就歸結到「料得年年斷腸處，明月夜，短松崗」，蘇軾把思念寄於宇宙間，深廣而安靜，雖然哀痛，但隱見豁達。而納蘭更讓人不忍卒讀：只能"贏得更深哭一場"，這種直率真，至情至性，難怪被評為"哀感頑艷，得南唐二主之遺"（陳維崧語）。

這首詞化用李清照晚年最苦之聲《聲聲慢》作結："梧桐更兼細雨，到黃昏，點點滴滴。"一點一滴，如泣如訴，欲斷難斷。"真無奈，倩聲聲鄰笛，譜出迴腸。" 春花秋葉之思，化作人間盪氣迴腸的癡情。

思念盧氏之詞，也見含蓄如《浣溪沙》：

誰念西風獨自涼，蕭蕭黃葉閉疏窗。沉思往事立殘陽。 被酒莫驚春睡重，賭書消得潑茶香。當時只道是尋常。

二人早已陰陽相隔，"誰念西風獨自涼"，妻子也再不能為其整理牀鋪、噓寒問暖。觸景生情，全部的心思都沉浸在往日的回憶之中，思念盧氏的關懷備至。"賭書消得潑茶香"一句，借用李清照與她的丈夫趙明誠的閨房故事，寫出我們都是透過日常生活中，最尋常的相處，往往不經意間留下最深刻的情感。

最後一句"當時只道是尋常"寫出了人生真諦：在我們"不斷死去"的時間中，曾經留下那麼多值得記念的瞬間，其珍貴之味，在當時往往未曾知曉。這句與李商隱《錦瑟》中"只是當時已惘然"也是一種"先覺"的感喟，先驗於人生夢境中而成的大覺悟，納蘭句得之於真實的唏噓之感，讀之刺痛；而李商隱句則見虛幻之美。

納蘭詞中常有"如夢佳期"。他把原來瑣碎、流離的夢寫得無比像真。如此美夢，他往往是不忍夢醒的："夢好莫催醒。"然而夢確是"易碎"品。如《菩薩蠻》以"驚夢"收結："塞馬一聲嘶，殘星拂大旗。"納蘭總是以夢醒時的殘忍驚怖，反襯出在夢境中的美好，又側寫了人生的艱難。

又如《唐多令·雨夜》中，未曾出征的婦人竟能具體想像到情人身處的山路，可見平日朝思暮想、甚至曾經訪問過別人，欲透過踏實的想像慰藉思念之苦。"夢向金微山下去"，女子甚至能知道情人的征途。可恨忽然醒來，"才識路，又移軍"以為終能相聚，一下子又失去音訊。這句納蘭把思念的茫然與徒勞都寫盡了。

納蘭的情詩中，在回憶中曾經擁有的美好，以後都只能成了"夢"。所謂"大都好物不堅牢，彩雲易散琉璃脆"（白居易《簡簡吟》）。在詞中，納蘭既留下了"美夢"，也不無殘忍地記認了人生必有的"幻滅"與遺憾。

夢裏他生納蘭詞

納蘭自身也是"易碎"的。天性的敏銳、敏感使他能夠分辨世間的清俗，眼裏沾不得沙子，寫下許多純真、純美之詞。王國維評納蘭詞："以自然之眼觀物，以自然之事見情"就是指一種純粹，甚至不受儒道佛的影響，只是一顆赤子之心，訴說對世間的感悟。

但是，也許是出於自知之明，納蘭容若也明白世途險惡，自己是不能承受、不能陷進去的。因此也不太能擔受皮肉之苦。一生多情，反復思量，往返之間，已覺無盡。

納蘭所受之精神上的之苦，像出走流浪的倉央嘉措、香港八十年代流行歌星陳百強、甚至是還未成佛的印度王子。他以血液裏最純潔的愛，用詞人之筆，寫下強韌而包容的、纖細而敏感的詞。但是對於真正的民間疾苦，命運的曲折，他是沒有深刻體會過的。因此他的詞過於輕，他不是杜甫的沉鬱，也沒有李賀的尖苦，未及陶淵明的溫潤，也不像蘇軾瀟灑豁達。那當然因為他年輕，才三十歲便撒手人寰！

納蘭詞在不知不覺間走入人類的真正靈魂之中。在艱難的現實之中，納蘭也能織出那屬於幻夢的部分，送給世人嬌貴的詞花：這是一個美好的生命，以美好的靈魂把情的高貴、至情的體會、淋漓盡致地表達出來，於是就能夠穿越時空。

　　納蘭仍是＂一生追夢＂的。以至真至情之筆，始終把一份超脫的情感放到詞中，即使只是美夢一場，也還是值得銘記的、沒有虛度的人間。感謝納蘭容若的詞，為我們記認在夢中走過的，看似尋常的風景：每一刻寶貴的真情、每一次難得的相遇。這樣一位永遠的少年人，留下給我們生命裏最初最寶貴的悸動，那份超脫的感悟，也許就是納蘭詞最珍貴的部分。

前言

一

詩亡詞乃盛，比興此焉託。往往歡娛工，不如憂患作。冬郎一生極憔悴，判興三閭共醒醉。美人香草可憐春，鳳蠟紅巾無限淚。芒鞵心事杜陵知，祇今惟賞杜陵詩。古人且失風人旨，何怪俗眼輕填詞。詞源遠過詩律近，擬古樂府特加潤。不見參差句讀《三百篇》，已自換頭兼轉韻。

這首題為《填詞》的七古，一反傳統的把詞看成"詩餘"的說法，聲稱"詩亡詞乃盛"，"詞源遠過詩律近"，顯然是為詞張目。它出自三百年前的一位滿族青年的手筆。作者就是被況周頤譽為"國初第一詞人"[1]的納蘭性德。

納蘭性德原名成德，[2] 字容若，滿洲正黃旗人。納蘭是滿洲姓氏，譯音無定字，又作納喇、納臘、那蘭、那拉，因為源出明代海西女真四部之一的葉赫部，所以也稱葉赫那拉氏。從公元十七世紀初開始，建州女真的首領努爾哈赤漸次吞併女真各部，並於明萬曆四十四年（1616）稱帝，建國號為金，史稱"後金"。三年後（1619），出兵攻滅與明王朝關係較為密切的葉赫部。葉赫部的首領金台什在城破時拒絕投降，高呼"吾祖世居斯土，我生於斯，長於斯，則死於斯而已"，舉火自焚。[3] 這位不屈的硬漢子，就是納蘭性德的曾祖父。金台什雖死，但由於他的妹妹早先已嫁努爾哈赤，並且是皇太極（後來的清太宗）的生母，這一姻親關係使其家屬免遭斬盡殺絕之禍。金台什之子倪迓韓被編入由後金皇帝直接統率的正黃旗。後來後金改國號為清，1644 年清世祖福臨入關定都北京，正黃旗佐領倪迓韓作為從龍將士，著有勞績，被賞給雲騎尉世職。倪迓韓的次子就是納蘭性德之父明珠。明珠由侍衛起家，康熙初年即官至部院大臣，後又深得清聖祖玄燁的信任，授武英殿大學士，居相位多年，成為清廷統治中樞的核心人物，聲勢煊赫，權傾一時。

納蘭性德出生於順治十一年（1655）十二月。烏衣公子，少年科第，十八歲順天鄉試中式，次年會試連捷，但因病未赴殿試；至康熙十五年（1676）二十二歲時補殿試，成二甲第七名進士。清聖祖因其籍隸正黃旗，又是自己所寵信的大臣之子，特授三等侍衛，[4] 有意用作親信。據記載，納蘭性德"出入扈從，服勞惟謹，上眷注異於他侍衛。久之，晉二等，尋晉一等。上之幸海子、沙河、西山、湯泉及畿輔、五臺、口外、盛京、烏喇，及登東岳、幸闕里、省江南，未嘗不從"，[5] 先後賜予甚多。康熙二十一年（1682）秋冬，納蘭性德受清聖祖委派，曾與副都統郎談等一起去黑龍江一帶執行一項重要使命：偵察侵擾邊境的羅剎（俄羅斯）的情勢，並聯絡當地各少數民族，為反擊羅剎的侵略行徑作準備。他出色地完成了這一任務。上"知其有文武才，非久且遷擢矣"，[6] 不幸於康熙二十四年（1685）五月下旬突然得寒疾，七日不汗而死，年僅三十一歲。據說納蘭性德得病後，清聖祖曾屢屢派人探問診治，並且親自開了藥方，[7] 足見關懷之意。

納蘭性德文思敏捷，書法娟秀，又明音律，精於騎射，堪稱多才多藝。他十九歲時就撰有一部內容相當豐富的筆記《淥水亭雜識》，梁啟超稱讚此書"記地勝，摭史實，多有佳趣。偶評政俗人物，亦有見地。詩文評益精到，蓋有所自得也。卷末論佛老，可謂明通"。並感嘆說："翩翩一濁世公子，有此器識，且出自滿洲，豈不異哉！使永其年，恐清儒皆須讓此君出一頭地也。"[8] 對於經學，納蘭性德也有一定的造詣，曾在其師徐乾學幫助下，收集宋元學者說經諸書，合刻為《通志堂經解》，並一一為之作序。但納蘭性德之所以能垂名後世，三百年來一直為人所稱道，則在於他是一位傑出的詞人。

納蘭性德以詞名家。前引《填詞》詩，就體現了他對倚聲之事的偏愛，他自言"少知操觚，即愛《花間》致語，以其言情而入微，且音調鏗鏘，自然協律"（《與梁藥亭書》）。在寫給志同道合的好友顧貞觀的一闋《虞美人》中甚至說道：

憑君料理《花間》課，莫負當初我。眼看雞犬上天梯，黃九自招秦七共泥犁。

他們要繼承並發揚《花間集》所代表的唐五代詞的傳統，連下地獄都不怕！臨終與徐乾學訣別，他還特別提到自己性喜填詞，"禁之難止"。[9] 同時師友對他在這方面流露出來的才華十分欽佩，為之心折。如嚴繩孫認為納蘭性德所作之詞兼有"周柳香柔，辛蘇激亢"，[10] "宋諸家不能過也"。[11] 徐乾學也說其作"遠軼秦柳"，[12] "清新秀雋，自然超逸"。[13] 韓菼則讚其長短句"跌宕流連"，能"寫其所難言"。[14] 當時傳說納蘭性德的詞作"傳寫偏於村校郵壁"，[15] "家家爭唱《飲水詞》"，[16] 甚至遠傳朝鮮，朝鮮詩人為題"誰料曉風殘月後，而今重見柳屯田"之句。[17]

大家知道，詞這種文學形式興於唐而盛於宋，兩宋名家疊出，各擅其長，群峰爭秀，千姿百態，可以說是蔚為大觀。元明兩代，詞壇寂寞，雖然也偶見可誦之作，畢竟無大手筆可挽頹勢。隨著樂譜的失傳，填詞這一門倚聲之學失去紅牙銀撥的依託，也就更加冷落，似乎是一蹶不振了。然而柳暗花明又一村，到了明清易代之際，忽見轉機，詞學出現了中興的趨勢。當時騷人墨客在干戈紛擾之中一般都有身世浮沉之感，或懷亡國之痛，或有失節之恨，或作避世之想。無論是家國恨、兒女情，慷慨悲歌也罷、低迴沉吟也罷，都適宜於用句式參差，韻式不一的詞來表達。如陳子龍的風流婉麗，吳偉業的自怨自嘆，王夫之的沉痛宛轉，屈大均的哀怨難平，都有自己獨特的風格，能列於作者之林而無愧。康熙年間，統一的局面大勢已定，清王朝在玄燁這一有為之君的領導下進入了它的盛世。雖然順治末年莊氏史案的陰影尚未完全消除，但直到康熙五十年（1711）戴名世因《南山集》得禍，其間有整整半個世紀，清廷沒有大起文字獄。除了極少數漢族知識分子對這由滿族建立的新朝仍持不合作態度外，絕大多數士大夫在相對安定的生活環境中，或汲汲於仕進，或潛心於著述，都想有所表現。這一情勢也促進了文學創作的繁榮。古文、詩歌、戲曲等方面的作家一時蠭起，詞壇更是宗風大振，一片興旺景象。被稱為稼軒後身的陳維崧以其意氣橫逸，豪邁奔放的作品睥睨一世，成為陽羨詞派的盟主。而秀水朱彝尊之作則醇雅婉約，搖曳生姿，開浙西詞派的先河。其他如王士禛的獨得神韻，曹貞吉的瀟灑清奇，毛奇齡的取資吳歌，顧貞觀的用情至深，都能卓然成家。納蘭性德鵲起其間，像一顆壂燦的明星，在當時的詞壇上放射著奪目的光輝。

納蘭性德的詞作在康熙十七年（1678）他二十四歲時第一次編集刊行。初名《側帽詞》，用北周美男子獨孤信「因獵日暮，馳馬入城，其帽微側。詰旦而吏人有戴帽者，咸慕信而側帽焉」[18] 的典故，有風流自賞的意思。後顧貞觀為之改名《飲水詞》，則取義於納蘭性德曾引以自喻創作甘苦的禪家語「如魚飲水，冷暖自知」。[19] 他死後六年，康熙三十年（1691），徐乾學輯刻其遺作為《通志堂集》，其中包括詞四卷。以後又有刻本多種，而以光緒年間許增所刊《納蘭詞》收錄最備，共三百四十二首。此外尚能從清人詞選、詞話、筆記中輯得少許，通計飲水詞人傳世的詞作約在三百五十首左右。

二

顧貞觀說：「容若詞一種悽惋處，令人不忍卒讀。人言愁，我始欲愁。」[20] 陳維崧則認為「飲水詞哀感頑艷，得南唐二主之遺」。[21] 的確，我們讀納蘭性德的詞，總覺得有一種深切而又執著的哀愁浸淫於

字裏行間。他的作品不能說全部,至少也是大部,都
情調傷感,氣氛悲涼。這樣就產生了一個問題:納蘭
性德身為貴介公子,生當康熙盛世,兼之少年科第,
又有時譽人望,真可以說是富貴場中的幸運兒,為什
麼他會有那麼多的 "哀"、"怨"、"愁"、"恨",懷
著惆悵迷惘、心灰意冷的末世之感?作者出身經歷與
作品內容風格的這種不協調,似乎違背常理。不少論
者注意到了這一矛盾,並作出了自己的解釋。有的認
為納蘭性德忘不了 "那拉上代與愛新覺羅族(清王族)
一段恨事",所以 "言行中似對清朝若有隱憾",[22] 而
內心自有隱痛。有的認為納蘭性德 "天賦多情","徒
以身居侍從,長隔閨幃,別離情思,增其伊鬱。加以
少年喪偶,萬緒悲涼,醞釀愈久,而其心愈苦,其情
愈真,故一旦發而為詞,益見其哀感頑艷"。[23] 還有
人說性德 "三生慧業,不耐浮塵",因而 "寄思無端,
抑鬱不釋";[24] "非慧男子,不能言愁,唯古詩人,乃
云可怨"[25]——誰教他那麼聰明,那麼富於詩人氣質
呢!甚至有人懷疑納蘭性德本是江南漢家兒郎,被南
下的清兵擄到北方,而被明珠收養,正因為 "別有根
芽",所以 "所寫的是一派淒婉哀愁的悲歌"。[26] 更有
研究者提出了新的看法:"在封建制度臨近崩潰的前
夜,統治階級內部產生了不可遏止的苦悶情緒,必然
會反映到創作上來",納蘭性德正是用他哀婉淒屬的

詞章，在曹雪芹創作《紅樓夢》之前，就"以歌代泣，用詩章憑弔垂死的時代了"！[27]

前人和今人的上述論斷，有些包含著合理的因素，能給人以啟發，也有些不過是無實據的臆說或宿命論的囈語。納蘭性德詞作悽婉傷感的基調反映了他心中的痛苦和矛盾，這當然不能簡單地歸結為性格的悲劇。下面我們擬以他的作品為依據，來分析他待人處世的態度及其複雜的內心世界，從而探討他有何追求，因何失望，找出他長在愁悶淒苦中的原因。

納蘭性德有過治國平天下的雄心壯志，他自稱"我亦憂時人，志欲吞鯨鯢"（《長安行贈葉訒庵庶子》）。"憂時"就是憂國憂民。當時清王朝經歷了一次危機，分封在雲南、廣東、福建等地的原明降將吳三桂、尚之信、耿精忠等形成了半獨立的割據勢力，清聖祖在明珠的支持襄贊下，毅然決定撤藩，吳三桂等就公開叛變，史稱"三藩之亂"。納蘭性德所憂是國家被分裂，王朝被傾覆，人民在戰亂中流離失所。他志吞鯨鯢，"慷慨欲請纓"（《擬古四十首》之三十七），曾與友人"展卷論王霸"，自嗟"平生縱有英雄血，無由一濺荊江水"（《送蓀友》），還曾寫下這樣的詩句：

……悲吟擊龍泉，涕下如縆縻。不悲棄家遠，不

惜封侯遲。所傷國未報，久戍嗟六師。激烈感微生，
請賦從軍詩。

——《雜詩七首》之五

我們聽到的難道不是一位壯士的口吻？看到的難道不
是一位志士的形象？納蘭性德是很想建立功業、有所
作為的。他深望能一匡天下，圖影麟閣，垂名後世，
寫道："未得長無謂。竟須將銀河親挽，普天一洗。
麟閣才教留粉本，大笑拂衣歸矣。"（《金縷曲》）即
使是作遊仙詩，也要說"平生紫霞心，翻然向凌煙"
（《擬古四十首》之二）！

　　納蘭性德又自稱"予本多情人，寸心聊自持"
（《擬古四十首》之十五）。他有一枚閒章，上篆"自
傷多情"四字。他確實是一個多情種子，對人間美好
的事物，美好的感情，懷有真切而深沉的愛。所謂
"寸心聊自持"，實際上等於說心中難以自持。三百多
首詞作，就是他真情的流露，在三百多年後的今天，
仍使人為之傾倒、為之感喟。

　　納蘭性德的多情首先表現在他對真摯的愛情的追
求和珍惜。他的原配是曾任兩廣總督的漢軍旗人盧興
祖的女兒。據納蘭性德同年葉舒崇所撰《皇清納臘室
盧氏墓誌銘》[28] 知盧氏康熙十三年（1674）"年十八
歸容若"，性德這一年是二十歲。少年夫婦，極其恩

愛。納蘭性德有一首《浣溪沙》就是描寫新婚之初如醉如癡的心境：

十八年來墮世間，吹花嚼蕊弄冰絃。多情情寄阿誰邊？紫玉釵斜燈影背，紅綿粉冷枕函偏，相看好處卻無言。

在他心目中愛妻是偶謫人世的天仙，吹花嚼蕊，無比純潔。"相看好處卻無言"，大有《詩·唐風·綢繆》所謂"今夕何夕，見此良人。子兮子兮，如此良人何"的況味。"憶得水晶簾畔立，泥人花底拾金釵"，"憶得染將紅爪甲，夜深偷搗鳳仙花"，"憶得紗櫥和影睡，暫回身處妒分明"（《和元微之雜憶詩》），"記得夜深人未寢，枕邊狼藉一堆花"（《別意》），婚後的生活，給他留下了多少美好的記憶！"玉局類彈棋，顛倒雙棲影。花月不曾閒，莫放相思醒"（《生查子》），"被酒莫驚春睡重，賭書消得潑茶香"（《浣溪沙》），他們是如此地情投意合，如膠似漆。可是納蘭性德官為侍衛，職分所在，經常要宿衛宮禁或扈從出巡，這就難免"幾番離合總無因，贏得一回僝僽一回親"（《虞美人》）。分離時，他是夢牽魂縈：

客夜怎生過？夢相伴，綺窗吟和。薄嗔佯笑道，若不是恁淒涼，肯來麼？來去苦匆匆，準擬待，曉鐘敲破。乍偎人，一閃燈花墮，卻對著，琉璃火。

——《尋芳草·蕭寺紀夢》

歸家重逢，心中的歡欣難以言狀，覺得一切事物都是出奇地美好：

重見星娥碧海槎，忍笑卻盤鴉。尋常多少，月明風細，今夜偏佳。　休籠彩筆閒書字，街鼓已三撾。煙絲欲裊，露光微泫，春在桃花。

——《眼兒媚》

他還說："一生一代一雙人，爭教兩處銷魂？" 分離是不合理的，他只願長相廝守，即使為此要放棄富貴榮華，也在所不惜："若容相訪飲牛津，相對忘貧。"（《畫堂春》）盧氏婚後三年，"亡何玉號麒麟，生由天上；因之調分凰鳳，響絕人間"，[29] 不幸於康熙十六年（1676）五月三十日死於難產，性德悲痛萬分，"悼亡之吟不少，知己之恨尤深"。[30] 他的悼亡詞不少於二三十首，有的真是一字一淚：

春衫濕遍，憑伊慰我，忍便相忘？半月前頭扶病，翦刀聲、猶共銀釭。憶生來、小膽怯空房。到而

今、獨伴梨花影，冷冥冥、儘意淒涼。願指魂兮識
路，教尋夢也迴廊。　　咫尺玉鈎斜路，一般消受，
蔓草斜陽。判把長眠滴醒，和清淚、攪入椒漿。怕幽
泉、還為我神傷。道書生、薄命宜將息，再休耽、怨
粉愁香。料得重圓密誓，難禁千裂愁腸。

　　　　　　　　　　　　——《青衫濕遍·悼亡》

事過三年，仍然傷心不已：

　　此恨何時已？滴空階、寒更雨歇，葬花天氣。三
載悠悠魂夢杳，是夢早應醒矣。料也覺、人間無味。
不及夜臺塵土隔，冷清清、一片埋愁地。鈿鈿約，竟
拋棄。　　重泉若有雙魚寄，好知他、年來苦樂，與
誰相倚。我自終宵成轉側，忍聽湘絃重理？待結個，
他生知己。還怕兩人都薄命，再緣慳、賸月零風裏。
清淚盡，紙灰起。

　　　　　　　　　　　——《金縷曲·亡婦忌日有感》

展看遺像，更有不可抑止的哀思：

　　淚咽更無聲，止向從前悔薄情。憑仗丹青重省
識，盈盈，一片傷心畫不成。　　別語忒分明，午夜

鶼鶼夢早醒。卿自早醒儂自夢，更更，泣盡風前夜
雨鈴。

——《南鄉子·為亡婦題照》

後來納蘭性德與續娶之妻官氏，夫婦間亦多摯愛。他
行役塞外，頗多思家之作，思念的對象就是官氏。當
短衣匹馬行進在夕陽古道上的時候，他柔腸牽掛，擬
想他日重聚首，"卻愁擁髻向燈前，說不盡，離人話"
（《一絡索》）的情景。當"一燈新睡覺，思夢月初斜"
的時候，更憧憬"春雲春水帶輕霞，畫船人似月，細
雨落楊花"（《臨江仙》）的境界。他還設想妻子的夢
魂會遠度關山來同自己相聚：

　　塞草晚才青，日落簫笳動。慽慽悽悽入夜分，催
度星前夢。　　小語綠楊煙，怯踏銀河凍，行盡關山
到白狼，相見唯珍重。

——《卜算子·塞寒》

在封建社會中，世家貴冑多以聲色自奉，金釵成列，
視為當然。正如《紅樓夢》中紫鵑所說的那樣："公
子王孫雖多，那一個不是三房五妾，今兒朝東，明兒
朝西？娶一個天仙來，也不過三夜五夜，也就撂在
脖子後頭了。甚至於憐新棄舊，反目成仇的，多著

呢！"（第五十七回）而納蘭性德篤於伉儷，身無姬侍，集中也不見狹邪冶遊之作，其用情之深，用情之專，應該說是難能叫貴的。

納蘭性德的多情還表現在他嚮往真誠的友情，重於交誼。他所看重的，"皆一時儁異，於世所稱落落難合者"，[31] 當時的一些著名文士，如顧貞觀、姜宸英、嚴繩孫、吳兆騫等，只要與自己志趣相投，他都傾心相交，為之謀生計，解危難，不僅不擺貴公子的架子，而每每相援相煦，即使言語冒犯，也"曲為容納"，"陰為調護"。[32] 姜宸英曾在祭納蘭性德文中深情地回憶："余來京師，刺字漫滅，舉頭觸諱，動足遭跌。見輒怡然，忘其顛躓，數兄知我，其端非一。我常箕踞，對客欠伸，兄不余傲，知我任真。我時謾罵，無問高爵，兄不余狂，知余疾惡。激昂論事，眼瞪舌撟，兄為抵掌，助之叫號……在貴不驕，處富能貧，宜其胸中，無所厭欣。"[33] 這段文字生動地記述了納蘭性德同他不拘形跡的交情。姜宸英久負才名，然而科場失意，白頭不遇。納蘭性德為之憤憤不平："一事傷心君落魄，兩鬢飄蕭未遇。有解憶長安兒女。裘敝入門空太息，信古來才命真相負。身世恨，共誰語？"（《金縷曲·西溟言別賦此贈之》）他受顧貞觀之託盡心竭力營救因受科場案牽連而久戍塞外的吳江名士吳兆騫一事，更被傳為佳話。納蘭性德與吳本不相識，卻對其不幸遭遇深表同情：

灑盡無端淚。莫因他，瓊樓寂寞，誤來人世。信
道癡兒多厚福，誰遣天生明慧？就枕著、浮名相累。
仕宦何妨如斷梗，只那將、聲影供群吠。天欲問，且
休矣。　　情深我自拚憔悴，轉丁寧，香憐易爇，玉
憐輕碎。羨煞軟紅塵裏客，一味醉生夢死。歌與哭、
任猜何意。絕塞生還吳季子，算眼前、此外皆閒事。
知我者，梁汾耳。

——《金縷曲·簡梁汾，時方為吳漢槎作歸計》

有人懷疑明珠、性德父子延攬交結漢人名士，是接受
清聖祖的指示，有牢籠軟化的政治目的；[34] 歷史上也
不乏權貴子弟結客養士以博愛才任俠之名的例子。但
從納蘭性德所為、所言以及時人的評價、後人的懷想
來看，他的交友很難說別有政治目的，更談不上是沽
名釣譽之舉。他厭惡奔走於名利場中的 "軟熱人"，
對這種人往往是 "屏不肯一覿面"，甚至 "見而走
匿"，[35] 他與 "達官貴人相接如平常，而結分義，輸
情愫，率單寒羈孤佗傺困鬱守志不肯悅俗之士"。[36]
他的友人或潦倒失意，懷才不遇，滿腹牢騷；或雖受
職新朝，卻與清廷貌合神離，內心有 "千古艱難唯一
死，傷心豈獨息夫人" [37] 的痛苦。納蘭性德同他們一

起歌，一起哭，"情深我自捄憔悴"，這種感情出自一位滿族貴公子，更顯得珍貴。

納蘭性德還自稱"我本落拓人，無為白拘束"（《擬古四十首》之三十七）。所謂落拓，是指放蕩不羈，不願受世俗禮法的束縛，而企求一種比較自由的生活。在一首擬古詩中，他明確提到"予生實懶慢，傲物性使然。涉世違世用，矯俗忤俗歡"（《效江醴陵雜擬古體詩二十首·嵇叔夜言志》）。他對自身的榮華富貴，看得非常淡薄，"生長華閣，澹於榮利"。[38]"德也狂生耳。偶然間，緇塵京國，烏衣門第"（《金縷曲·贈梁汾》），在他看來，自己出身於高貴的門第，不過是偶然之事；仕途進退，更不必認真對待，"曰予餐霞人，簪紱忽如寄"（《擬古四十首》之一），"忽佩雙鯉魚，予心何夢夢"（《擬古四十首》之十八），功名利祿，如夢如幻。"僕亦本狂士，富貴鴻毛輕"（《野鶴吟贈友》），"倜儻寄天地，樊籠非所欲"（《擬古四十首》之三十七），他渴望能擺脫名韁利鎖的羈絆，跳出塵世禮俗的樊籠。他羨慕自由自在地迴翔雲衢的野鶴和閒飛閒宿不受拘束的海鷗，感嘆"倚柳題箋，當花側帽，賞心應比馳驅好"，"小樓明月鎮長閒，人生何事緇塵老"（《踏莎行·寄見陽》）。他還說："人各有情，不能相強。使得為清時之賀監，放浪江湖；何必學漢室之東方，浮沉金馬乎……恒抱影於林泉，遂忘情於軒冕，是吾願也。"（《與顧梁汾書》）納蘭性德是一位非常真率的人，說這些話不是故作清高。他最憎惡那些"虛言託泉石，蒲輪恨不早"（《雜詩七首》之一）的假隱逸，痛斥他們"磬折投朱門，高談盡畎畝，言行清濁間，術工乃逾醜"（《擬古四十首》之二十五）。他身在富貴場中，目睹其間風波凶險，人情醜惡，縱不能揮手自茲去，得遂還其天真的本願，也要潔身自好，做到出污泥而不染。嚴繩孫說他"雖處貴盛，閒庭蕭寂。外之無掃門望塵之謁，內之無裙屐絲管，呼盧秉燭之遊"，[39] 其父雖權傾中外，他平生卻不干預政事，"閉門掃軌，蕭然若寒素……避匿擁書數千卷，彈琴詠詩自娛悅而已"。[40] 落拓之人似乎又真成了避世之人。

　　納蘭性德作為一位憂時人，有心積極入世，想**轟轟**烈烈地做一番事業，但他終於未能如願以償。他曾留心於經世濟國之學，"於往古治亂，政事沿革興壞，民情苦樂，吏治清濁，人才風俗盛衰消長之際，能指數其所以然"，[41] "留心當世之務，不屑屑以文字名世"，[42] "不但不以貴公子自居，並不肯以才人自安"。[43] 然而清聖祖並沒有重用他，把他放在身邊充當侍衛，恐怕也暗含調察明珠的意圖。侍衛生涯出則侍從，入則宿衛。性德說自己"日睹龍顏之近，時親天語之溫。臣子光榮，於斯至矣。雖霜花點鬢，時冒朝寒，星影入懷，長棲暮草，然但覺其歡欣，亦竟忘其勞勩也"（《興顧梁汾書》）。他真是感到那麼光榮，又覺得那麼歡欣嗎？不！他有難言之痛。徐乾學指出，他"自以蒙恩侍從，無所展效"，[44] 不能施展抱負，這對一位有志之士來說，是何等的悲哀！納蘭性德勤慎供職，"無事則平旦而入，日晡未退，以為常"，但他"惴惴有臨履之憂，視凡近臣者有甚焉"。[45] 當時明珠正處在黨爭的漩渦中，難保能長邀帝眷。而納蘭性德耳聞目睹，對官場的黑暗，仕途的凶險深有體會。出於憂懼，為了免禍，他懂得"深藏乃良賈"（《擬古四十首》之二十九）的道理。但既經常懷有如臨深淵、如履薄冰的心理，"榮華及三春，常恐秋節至"（《擬古四十首》之一），如此戰戰兢兢，哪裏還能有什麼歡欣！他曾自比來自西極的大宛天馬，"天閒十萬匹，對此皆凡材"，然而天馬卻被視同凡馬，不禁"卻瞻橫門道，心與浮雲灰"，感嘆"但受伏櫪恩，何以異駑駘"（《擬古四十首》之二十六）。對這種處境，他又何嘗引以為榮？在給好友的信中，他自言"胸中塊壘，非酒可澆"（《與嚴繩孫簡》），與好友相處，坐無旁人時，也往往流露出對自己的境遇"意若有所甚不釋者"。[46] 嚴繩孫說他"警敏如彼而貴近若此，此其夙夜寅畏，視凡人臣之情必有百倍而不敢即安者，人不得而知也"。[47] 這種人不得而知的矛盾痛苦的心情，反映到創作中，自然就成為愁苦之音。

納蘭性德作為一位多情人，對一切事物都懷有良好的願望。然而在他看來，世上美好的事物、美好的感情都太脆弱，太容易遭受摧殘磨折了。「香憐易爇，玉憐輕碎」，正是他這種心情的寫照。盼花長好，可是「片紅飛減，甚東風不語，只催飄泊」（《念奴嬌‧廢園有感》）。盼月長圓，可是明月「一昔如環，昔昔都成玦」（《蝶戀花》）。盼天生明慧的才士能得到幸福，可是偏偏「須知名士傾城，一般易到傷心處」，「怪人間厚福，天公盡付，癡男騃女」（《水龍吟‧題文姬圖》）。盼「一生一代一雙人」能永遠陶醉在愛情的溫馨中，可是人間的「聖主」卻使他長受生離之苦的煎熬，冥冥之中的死神更給了他死別的創痛。本來可以比較美滿的夫婦生活先是帶著難以彌補的缺憾，而後又造成抱恨終身的結局，詞集中那麼多的傷別與悼亡之作，便是血淚結綴而成。

關於納蘭性德愛情的不幸，除了盧氏的早卒以及「身居侍從，長隔閨幃」外，還應提一下他早年與一位少女青梅竹馬、兩情相洽而最終被迫分攜之事。晚清譜於掌故的宗室盛昱曾舉故老相傳之語，說納蘭性德曾戀其表妹，已有婚約而彼女被選入宮，遂成永隔。此事並無確證。但納蘭性德婚前曾有過一位戀人，這是可以肯定的。他的詞中，就透露了這方面的蛛絲馬跡：

　　正是轆轤金井，滿砌落花紅冷。驀地一相逢，心事眼波難定。誰省？誰省？從此簟紋燈影。

——《如夢令》

　　相逢不語，一朵芙蓉著秋雨。小暈紅潮，斜溜鬟心隻鳳翹。　　待將低喚，直為凝情恐人見。欲訴幽懷，轉過迴闌叩玉釵。

——《減字木蘭花》

所戀少女嬌憨的形象和作者為情顛倒的情景，都躍然紙上。由於人為的阻隔，二人未能如願。但是納蘭性德始終未能忘卻這一段情事。"背燈和月就花陰，已是十年蹤跡十年心"（《虞美人》），"十年青鳥音塵斷，往事不堪思"（《少年遊》），"此情已自成追憶，零落鴛鴦，雨歇微涼，十一年前夢一場"（《采桑子》）！從所云"十年"、"十一年"來看，納蘭性德追憶的對象只能是早年的戀人，而不是亡妻盧氏，因為盧氏死後只過八年，納蘭性德就離開了人間。這少年情事既在他腦海中留下了美好的記憶，也在他心靈上蒙上了一層難以消除的陰影。

一心追求美滿愛情的多情人，在愛情生活中也曾有過自己的歡樂，但更多的卻是創傷和痛苦，言為心聲，也就無怪乎他的詞作是那麼哀感頑艷了。

納蘭性德作為一位落拓人，不屑隨俗，在富貴場中落落難合。他曾說："東華軟紅塵，祇應埋沒慧男子錦心繡腸，僕本疏慵，那能堪此？"（《與張見陽第二十九札》）可是他又何嘗能擺脫儒家倫理觀念的約束，與這富貴場決裂？對自己的"肉食錦衣，朱輪華轂，出自襁褓，至於弱壯"，他認為"咸帝之德"，"咸帝之澤"，又說"先師垂訓，顯親揚名，敢不黽勉，無忝所生"（《忠孝二箴》）。他是濁世中的翩翩佳公子，也正因為有著貴公子的身份，他也就難以與這"濁世"分清涇渭。即使是倜儻不羈的落拓人，既然生於那樣的社會，又處於那樣的地位，怎麼可能完全脫出封建禮俗、仕途經濟的樊籠呢？明珠的相府本非可以避世的桃源，而納蘭性德要"脫屣宦途，拂衣委巷"（《與顧梁汾書》），真是談何容易！他的內心世界充滿了矛盾和痛苦：

……天道本杳冥，人謀苦不早。荒廬日旴坐，百慮依春草。四顧何茫然，凝思失昏曉。

——《擬古四十首》之二

積極入世的雄心壯志已被消磨殆盡，消極避世，以求自我解脫又難以如願。苦悶彷徨的心理只能醞釀出憂鬱的情緒，也勢必影響到他詞作的基調。

憂時也罷，多情也能，落拓也罷，重重的追求只帶來重重的失望。正如顧貞觀在祭文中所指出的：“吾哥所欲試之才，百不一展；所欲建之業，百不一副；所欲遂之願，百不一酬；所欲言之情，百不一吐。”[48] 理想的破滅使納蘭性德產生深沉的失落感、幻滅感。一部《飲水詞》，大多都是淒苦之言，正是這種難以消除的失落感、幻滅感的反映。

應該指出的是，納蘭性德的詞並非全部都是格調低沉的，其中不時也傳出輕快或雄渾的旋律。即使是詞集中大量出現的感時恨別、悼亡懺情或表達失意頹傷、憤世避世之意的作品，也不能一概指斥為思想消極。因為如前所述，我們可以從中體會到作者對真摯的愛情、真誠的友誼的真切的追求，而他的失望、他的苦悶，對我們了解那個已經開始進入末世的封建社會，不也是很有啟發意義麼？

三

納蘭性德的詞有一種特殊的魅力，三百年來，一直為論者所重視，而且被許多讀者所喜愛。

歷來探討納蘭詞藝術風格的人幾乎都認為他的

作品最感人之處在於用情至深、用情至真而又天然清新，不加雕飾，亦即況周頤所謂"一洗雕蟲篆刻之譏"，"純任性靈，一塵不染"，[49] 王國維所謂"以自然之眼觀物，以自然之舌言情"。[50]

納蘭性德反對創作中一味臨摹仿效的習氣，強調吟詩填詞，作者應以自己的本來面目出現，如只是規摹古人，"陳陳相因"，不免成為"塵羹塗飯"，縱然"俗人動以當行本色詡之"，其實只能使識者齒冷（《與梁藥亭書》）。他寫過一篇題為《原詩》的文章，闡發此意更為明達：

俗學無基，迎風欲仆，隨踵而立。故其於詩也，如矮子觀場，隨人喜怒，而不知自有之面目，寧不悲哉！有客問詩於予者，曰："學唐優乎？學宋優乎？"予曰："子無問唐也宋也，亦問子之詩安在耳。"《書》曰："詩言志。"虞摯曰："詩發乎情，止乎禮義。"此為詩之本也。未聞有臨摹倣傚之習也。古詩稱"陶謝"，而陶自有陶之詩，謝自有謝之詩。唐詩稱"李杜"，而李自有李之詩，杜自有杜之詩。人必有好奇縱險伐山通道之事，而後有謝詩；人必有北窗高臥不肯折腰鄉里小兒之意，而後有陶詩；人必有流離道路每飯不忘君之心，而後有杜詩；人必有放浪江湖騎鯨捉月之氣，而後有李詩。

所論是詩，其實這也正是他的詞論。所以，說他"得南唐二主之遺"或"殆叔原（晏幾道）、方回（賀鑄）之亞"，[1] 恐怕不曾被他本人所首肯。他力主創作應體現作者自己的個性，示人以真性情。縱觀他的三百多首詞作，可以看出他對自己的這一理論是身體力行的。下面這一首《長相思》未見華麗的詞藻，也不用生僻的典故，只是平常地道眼前景，真率地抒胸中情，卻能出色地用自己的感受來感動讀者：

　　山一程，水一程，身向榆關那畔行，夜深千帳鐙。　　風一更，雪一更，聒碎鄉心夢不成，故園無此聲。

又如下面兩首《菩薩蠻》：

　　問君何事輕離別，一年能幾團欒月？楊柳乍如絲，故園春盡時。　　春歸歸不得，兩槳松花隔。舊事逐寒潮，啼鵑恨未消。
　　晶簾一片傷心白，雲鬟香霧成遙隔。無語問添衣，桐陰月已西。　　西風鳴絡緯，不許愁人睡，只是去年秋，如何淚欲流？

同樣是不事雕飾，只是流露內心的一片真情。納蘭性德也可以說是"少年哀樂過於人,歌泣無端字字真",[52] 他的真率自然,是那些但知規摹古人的俗子所無法企及的,也唯其如此,所以他的作品能撥動讀者的心絃。

納蘭性德的詞是以悽婉哀感著稱的,晚清詞學家譚獻說他的小令"格高韻遠,極纏綿婉約之致"。總起來看,《飲水詞》的確是以婉約為宗。前人所謂"簸弄風月,陶寫性情,詞婉於詩",[53] 歷來詞家以詞賦情,大多力求婉麗,亦並不以訴愁說恨為諱,而能做到亦艷、亦悲、亦雅、熔《桃葉》、《團扇》、《防露》、《桑間》於一爐的,唯"納蘭詞則殆兼之,洵極詣矣"。[54] 說納蘭性德的作品是詞家極詣,容或過情,但說他的寫情之作能兼有艷麗、淒清、俊雅之美,則並非濫譽。我們看他的《河傳》:

　　　　春淺,紅怨。掩雙環,微雨花間。晝閒,無言暗將紅淚彈,闌珊,香銷輕夢還。　　斜倚畫屏思往事,皆不是,空作相思字。記當時,垂柳絲,花枝,滿庭蝴蝶兒。

一個又一個跳躍著的畫面是那樣地美麗,而浸潤其間的卻是一種淡淡的哀愁,雅致的語句更散發出不染纖塵的清氣。再看這一首《清平樂》:

風鬟雨鬢，偏是來無準。倦倚玉闌看月暈，容易語低香近。　軟風吹過窗紗，心期便隔天涯。從此傷春傷別，黃昏只對梨花。

上闋的穠艷，下闋的淒清，合為一體，互相映襯，增添了雋永的情味。

納蘭性德的詞與同時其他宗奉婉約的詞人的作品相比，情致更為纏綿，意境也更為深遠。其很重要的一個原因，就是在於他擅長抒寫委婉曲折的心情，而且每作進一步之想，表深一層之意。如：

催花未歇花奴鼓，酒醒已見殘紅舞。不忍覆餘觴，臨風淚數行。　粉香看欲別，空膡當時月。月也異當時，淒清照鬢絲。

——《菩薩蠻》

上闋先寫花開旋落，因嘆好景不常，而為之感傷。下闋點明傷春流淚，其實是由於聯想到別時情景。"粉香看欲別，空膡當時月"，本亦有意有致；照一般的寫法，接下去應是感慨"當時月"依舊無恙，人已遠隔兩地。但他卻偏說"月也異當時，淒清照鬢絲"。寫愁人之眼，愁人之懷真是曲盡其妙，意思也愈轉愈深。又如遊子思婦每求在夢中與戀人相會，"夢好莫催醒，由他好處行"（《菩薩蠻》），因為在夢境中可以得到安慰，聊解相思之苦；而納蘭性德又以倒提之筆來做反面文字：

……無憑蹤跡，無聊心緒，誰說與多情？夢也不分明，又何必、催教夢醒！

——《太常引》

好不容易與多情的她夢中團聚，有多少知心話要說啊！然而這模模糊糊的夢也竟然是那麼短暫。"夢也不分明，又何必、催教夢醒"，這一嘆問，何等淒然！而對離別之恨，相思之苦的抒發也隨之更轉深一層。再如這一首悼念亡妻的《浣溪沙》：

誰念西風獨自涼？蕭蕭黃葉閉疏窗，沉思往事立殘陽。被酒莫驚春睡重，賭書消得潑茶香，當時只道是尋常。

"沉思往事"本是悼亡之作題中應有之義；而此作追懷當初夫婦間愛情生活的歡樂，忽然筆鋒一轉，以"當時只道是尋常"作結，看似平淡，卻有懷戀、有追悔、有悲哀、有悵惘，蘊藏著多少複雜的感情！

另一方面，納蘭性德也有跌宕雄奇的詞作。《金縷曲・贈梁汾》就是體現這種風格的代表作。

德也狂生耳。偶然間、緇塵京國，烏衣門第。有酒惟澆趙州土，誰會成生此意？不信道、遂成知己。青眼高歌俱未老，向尊前，拭盡英雄淚。君不見，月如水。　共君此夜須沉醉，且由他，蛾眉謠諑，古今同忌。身世悠悠何足問，冷笑置之而已。尋思起，從頭翻悔。一日心期千劫在，後身緣、恐結他生裏。然諾重，君須記。

真是慷慨悲歌，激情橫溢，如徐釚所說那樣，"詞旨嶔奇磊落，不啻坡老稼軒"。[55] 再看這一首以 "彈琴峽題壁" 為題的《清平樂》：

泠泠徹夜，誰是知音者？如夢前朝何處也？一曲邊愁難寫。　極天關塞雲中，人隨雁落西風。喚取紅巾翠袖，莫教淚灑英雄。

既悲涼、又雄渾，筆力蒼勁老到。即使是寫離情鄉思，也有其博大的意境：

萬帳穹廬人醉，星影搖搖欲墜。歸夢隔狼河，又被河聲攪碎。還睡，還睡，解道醒來無味。

首二句被王國維所擊節稱賞，評為“千古壯觀”。[56]
意致深婉是納蘭詞的當行本色，但在纏綿之詞中也時
見雄奇之語，像“落日萬山寒，蕭蕭獵馬還”，“冰合
大河流，茫茫一片愁”，“塞馬一聲嘶，殘星拂大旗”
（《菩薩蠻》）等，都何嘗是李後主、晏幾道所能道？

康熙前期的詞壇，朱彝尊和陳維崧是兩大盟主。
朱主婉約，陳主豪放。朱氏所作精工雅麗，但有時雕
琢太盛，意旨也過於迂曲。陳氏所作銳氣逼人，但有
時一發無餘，流於叫囂。納蘭性德崛起於後，與朱陳
鼎足而三。他既能作致語，又能作豪語，兼有二派之
長。他的“婉約”之作，較朱自然而多真意；他的“豪
放”之作，較陳沉著而有餘韻。把清初第一詞人的桂
冠戴到頭上，他是當之無愧的。

甲子立夏　於北京蒲黃榆

注釋

1　《蕙風詞話》卷五。

2　徐乾學《通議大夫一等侍衛進士納蘭君墓誌銘》言容若
“初名成德，後避東宮嫌名改曰性德”，但其時皇太子名
胤礽，二字都不與“成”字同音。檢容若文集及其致友
人手簡，均自稱“成生”、“成德”，康熙時其他朝士名
有“成”字者也未見避改。所謂避東宮嫌名而改名一事
似有可疑。

3　《清實錄‧太祖朝》卷六。

4　清制皇帝的侍衛只從上三旗（鑲黃、正黃、正白）中選授，三等侍衛為正五品，比一般新進士所得之官階位高得多。

5　徐乾學《通議大夫一等侍衛進士納蘭君墓誌銘》，見《通志堂集》附錄。

6　同注 5。

7　同注 5。

8　《飲冰室文集》卷七十七《〈淥水亭雜識〉跋》。

9　《通志堂集序》。

10　見《通志堂集》附錄嚴繩孫、秦松齡所作《誄詞》。

11　見《通志堂集》附錄嚴繩孫所作《哀詞》。

12　《通議大夫一等侍衛進士納蘭君神道碑文》，見《通志堂集》附錄。

13　同注 5。

14　《進士一等侍衛納蘭君神道碑》，見《通志堂集》附錄。

15　同注 12。

16　曹寅《題棟亭夜話圖詠》。

17　徐釚《詞苑叢談》卷五。

18　《北史‧獨孤信傳》。

19　原作“如人飲水，冷暖自知”，為唐代道明禪師之語，見《景德傳燈錄》卷四。後人多引作“如魚飲水，冷暖自知”。

20　見榆園叢刻本《納蘭詞》卷首《詞評》。

21　同注 20。

22　葉恭綽《納蘭容若致張見陽手札書後》，見《矩園餘墨序跋》第一輯。

23　李勖《飲水詞箋》自序。

24　楊芳燦《納蘭詞序》。

25　吳綺《飲水詞序》。

26　李壽岡《納蘭詞之謎》，見《湘潭大學學報》1979 年第三期。

27　黃天驥《納蘭性德和他的詞》第一章。

28　納蘭性德夫婦墓誌兩方原被北京西郊某生產隊辦公室用作階石，文化大革命期間被發現。原石今藏首都博物館。啟功先生有錄文。

29　葉舒崇《皇清納臘室盧氏墓誌銘》。

30　同注 29。

31　同注 5。

32　見《通志堂集》附錄顧貞觀所作《祭文》。

33　見《通志堂集》附錄。

34　同注 22。

35　見《通志堂集》附錄秦松齡、姜宸英所作《祭文》。

36　同注 14。

37　鄧漢儀《題息夫人廟》詩。

38　同注 5。

39　《成容若遺稿序》，見《通志堂集》卷首。

40　同注 5。

41　同注 14。

42　《納蘭性德致張見陽手簡卷》胡獻徵跋，見《詞人納蘭容若手簡》。

43　《納蘭性德致張見陽手簡卷》秦松齡跋，見《詞人納蘭
　　容若手簡》。

44　同注 12。

45　同注 39。

46　同注 11。

47　同注 11。

48　見《通志堂集》附錄。

49　同注 1。

50　《人間詞話》。

51　譚獻《篋中詞》卷一。

52　龔自珍《己亥雜詩》句。

53　張炎《詞源・賦情》。

54　同注 24。

55　同注 17。

56　同注 50。

憶江南

　　這是一闋閨情詞，寫女子在冬日黃昏思念久久不至的意中人時的幽怨之情。題材是習見的，內容並無新奇之處，但二十七字中有景有情，在讀者面前展現了一幅風格清新的仕女畫。

　　昏鴉盡，小立恨因誰？[1] 急雪乍翻香閣絮，輕風吹到膽瓶梅。心字已成灰！[2]

注釋

1　"昏鴉"兩句：黃昏歸巢的烏鴉全都飛過去了，她悄然小立，滿懷幽怨，這是在恨哪一個呢？**小立**：暫立。**恨因誰**："因誰恨"的倒裝。

2　"急雪"三句：突然飄降的雪花像柳絮一樣在樓外翻舞，輕風吹入室內，觸動了插在膽瓶中的梅花。點燃的心字香已變成了灰燼！**乍**：忽然，驟然。**香閣**：指女子所居的閨閣。東晉才女謝道蘊曾用"柳絮因風起"來比擬雪花翻飛，大得叔父謝安的讚賞。稱雪為"香閣絮"即用此典。**膽瓶**：長頸大腹，形如懸膽的花瓶。古人插梅多用膽瓶，如曾覿《點絳唇》詞云："膽瓶高插梅千朵。"朱敦儒《絳都春・梅花》詞亦云："便須折取，歸來膽瓶頓了。"**心字**：一種香，據說是因繞成心字形而得名。楊萬里詩："送似龍涎心字香。"

按："心字已成灰"語帶雙關，既言香已燃盡，也暗指女子此時灰心失望、百無聊賴的情緒。

河傳

　　此作句短韻密，句型既富於變化，韻腳又再三變換，形成了一種急促的節拍。跳躍著的詞句，勾出了一個又一個美麗的畫面。這些畫面如分開來看，是各自靜止的；但用"春怨"這一中心串連起來，卻有了動態，忽而是空間的轉換，忽而是時間的推移，銜接巧妙，節奏分明。欣賞這樣的作品，詩情、畫意、樂感融合在一起，我們不禁要讚嘆作者的匠心獨運；同時，對不同門類藝術的相通之處也可有會於心了。

　　春淺，紅怨。[1] 掩雙環，微雨花間，晝閒。[2] 無言暗將紅淚彈，闌珊，香銷輕夢還。[3]

　　斜倚畫屏思往事，皆不是，空作相思字。[4] 記當時，垂柳絲，花枝，滿庭蝴蝶兒。[5]

注釋

1　"春淺"兩句：春來未久，在愁人的眼中，紅色的春花似乎滿懷幽怨。

2　**"掩雙環"三句**：門戶緊閉，花叢中細雨廉纖，閨中人長日無事，百無聊賴。**掩**：關閉。**環**：門環，此用以代指門扇。

3 **"無言"三句**：香已燃盡，她剛從短暫的夢境中醒來，心灰意懶，默默無言，獨自垂淚。**紅淚**：《拾遺記》言魏文帝（曹丕）宮人薛靈芸入宮前告別父母，"歔欷累日，淚下霑衣。至升車就路之時，以玉唾壺承淚，壺則紅色。……及至京師，壺中淚凝如血"。後人因稱美女之淚為"紅淚"。**闌珊**：衰殘。這裏指意緒消沉，無精打采的樣子。

4 **"斜倚"三句**：斜靠著精美的屏風回憶往事，但回憶中的情景都不是眼前的實事，只好白白地把"相思"二字寫了又寫。**畫屏**：有畫飾的屏風。

5 **"記當時"四句**：想當時和他在一起，垂柳拖絲，繁花滿枝，庭院中到處是翻飛的蝴蝶。

按：同樣是春色，現在獨處閨中，但覺"春淺，紅怨"，記當時與愛人相伴，則滿眼都是勃發的生機。一首一尾，恰成對照。

如夢令

在落花滿階的清晨，作者與他所思戀的女子驀地相逢，彼此眉目傳情，卻無緣交談。從此，他的心情就再也不能平靜了。此作言短意長，結尾頗為含蓄，風格與五代人小令相似。

正是轆轤金井，滿砌落花紅冷。[1] 驀地一相逢，心事眼波難定。誰省？誰省？從此簟紋燈影。[2]

注釋

1　"正是"二句：正是清晨井畔響起汲水聲的時候，滿階落花還帶著夜晚的冷氣。**轆轤**（lù lú 鹿盧）：置於井上的一種絞盤式的汲水器。**金井**：圍有精美欄杆的井。李璟《應天長》詞："夢斷轆轤金井。"又周邦彥《蝶戀花·早行》詞："更漏將殘，轆轤牽金井。"**砌**：台階。

2　"驀地"五句：突然同她不期而遇，匆匆對視，她的心事就像她流轉的眼波一樣無法捉摸。誰能理解她的意思啊，誰能理解她的意思啊，從此我夜來面對燈影，身印簟紋，再也難以安眠了。**驀地**：突然，一下子。**眼波**：喻女子目光流盼，如清澈流動的水波。**省**：省識，明白。**簟**（diàn 店）**紋**：竹簟的紋路。

減字木蘭花

　　一位少女，與戀人驀然相逢，既不肯輕易放過這一難得的傾訴衷腸的機會，又怕被人撞見，欲語不語，嬌羞之態可掬。這是作者親身經歷的情事，他記下這動人的一幕，心中充滿了柔情。

　　相逢不語，一朵芙蓉著秋雨。[1] 小暈紅潮，斜溜鬢心隻鳳翹。[2] 　　待將低喚，直為凝情恐人見。[3] 欲訴幽懷，轉過回闌叩玉釵。[4]

注釋

1　"相逢"二句：對面相逢，她默不作聲，臉色就像剛被秋雨淋過的荷花一樣。芙蓉：荷花的別稱，古人每用以比喻美女之面。如《西京雜記》言卓文君"臉際常若芙蓉"，白居易《長恨歌》亦以"芙蓉如面柳如眉"來形容楊貴妃。著：附著，附上。

2　"小暈"二句：臉頰上泛起了淡淡的紅潮，轉頭一瞥，鬢心的鳳翹斜著滑了開去。暈：這裏用作動詞，是泛起的意思。鳳翹：一種鳳狀首飾，插戴於髮前。周邦彥《南鄉子・撥燕巢》詞："不道有人潛看著，從教，掉下鬢心與鳳翹。"

3　　“**待將**”二句：她含情脈脈正要低喚，卻又因為怕旁人窺見而不敢發聲。**直**：只不過、只是。**凝情**：鍾情。

4　　“**欲訴**”二句：還是想一訴衷情，她轉過回欄時又特意取下玉釵敲出聲響，示意讓人跟上。**幽懷**：深深的情懷，衷情。**回闌**：曲折的欄杆。**叩**：敲。

　　按：上二句寫欲語而終未語，此二句寫不語而又欲語，刻劃舊時戀愛中少女的情狀，栩栩如生。

清平樂

從這一首《清平樂》中可以看出容若早年有過一段傷心的戀愛史。詞中那位風鬟雨鬢前來赴約的少女，容若曾與之熱戀，最終卻有情人未成眷屬。詞上闋寫二人月下並倚的柔情蜜意，下闋寫重見無緣的滿懷愁緒，前後恰成對照；雖是容若早期之作，卻也明顯具有"哀感頑艷"（陳維崧評納蘭詞語）的特色。

> 風鬟雨鬢，偏是來無準。[1] 倦倚玉闌看月暈，容易語低香近。[2] 　　軟風吹過窗紗，心期便隔天涯。[3] 從此傷春傷別，黃昏只對梨花。[4]

注釋

1　"風鬟"二句：看她鬢髮散亂，匆匆忙忙的，偏偏沒有一個準時候，現在才來到。**風鬟雨鬢**：形容婦女頭髮蓬鬆散亂，未加修飾。語出唐人小說《柳毅傳》。

　　按：二句足見男方等得心焦，女方來得不易，顯然這是一次幽期密約。

2　"倦倚"二句：疲倦了，一起靠在漢白玉的欄杆上仰看月暈，自然而然，二人說話的聲音越來越低，身體越挨越近。**月暈**：月亮周圍環繞的光氣。**語低香近**：晏幾道《清平樂》詞：“勾引行人添別恨，因為語低香近。”“香”指婦女身上散發的香氣。

3　**“軟風”二句**：就像一陣輕風吹過窗紗一樣，那無限美好的時刻已經逝去，無限美好的情景已經消失，縱使兩心相許，但無緣再次歡聚，彷彿各處天之一涯，而中間隔有千山萬水。**軟風**：輕柔的風。**心期**：原指朋友間兩心互相期許，這裏是戀人心心相印的意思。

4　**“從此”二句**：從此我要為春光易逝，離愁難堪而無限傷心，黃昏時刻只能獨對一庭梨花，領略那淒涼滋味。**傷春傷別**：李商隱《杜司勳》詩有句云“刻意傷春復傷別”，此用其語。**黃昏只對梨花**：此襲用李甲《憶王孫·春詞》詞“欲黃昏，雨打梨花深閉門”之意。

浪淘沙

所戀之人既不可即，又不可望，就只能去想、去夢了。在花落春瘦之時，容若不由自主地又深深思念，暗暗斷腸，實在是無可奈何。

紅影濕幽窗，瘦盡春光。[1] 雨餘花外卻斜陽，誰見薄衫低髻子，還惹思量。[2]　　莫道不淒涼，早近持觴。[3] 暗思何事斷人腸？曾是向他春夢裏，瞥遇迴廊。[4]

注釋

1　“紅影”二句：落花帶雨飄過，在窗戶上留下了濕潤的紅影，春光已是消瘦不堪了。幽窗：精美的窗戶。

2　“雨餘”三句：雨後，花叢之外卻是斜陽懸天，哪裏能見到那位穿著薄薄衣衫、梳著低低髮髻的她啊，又惹起了我無窮無盡的思念。“還惹”一作“抱膝”。
　　按：“誰見”句以反問的語氣出之，即謂不曾見到。可能作者與所戀之女以前曾在斜陽花外相遇，所以現在看到同樣的景色就觸景生情。

3　“莫道”二句：不要說這種景況不算淒涼，只想早早地去舉杯消愁。**觴**（shāng 商）：酒杯。

4 **"暗思"三句**：我默默思忖，究竟是什麼事情教人傷心斷腸呢？最難忘的是曾經在短暫的春夢之中，與她相遇在迴廊上，有過匆匆的一瞥。**他**：這裏用作指示代詞，那個。**春夢**：春日多睡易夢，春夢又短暫易醒，人多以"春夢"喻世事無定，好景不長。蘇軾《正月二十日與潘郭二生出郊尋春》詩："人似秋鴻來有信，事如春夢了無痕。"**迴廊**：迴旋曲折的走廊。

　　按："瞥遇迴廊"，究竟是夢境，還是實有其事但因有所避忌而假託於夢，撲朔迷離，難以分辨。清末故老相傳，容若有戀人被選入宮，遂成永隔，所以集中有些懷人之詞似有難言之隱。此事今日已難以確考，只能存疑了。

摸魚兒 送別德清蔡夫子

　　"夫子"是古代對老師的一種尊稱。詞題中的"德清蔡夫子",指容若鄉試座主蔡啟僔(zǔn 撙)。啟僔字石公,號崑暘(yáng 陽),浙江德清人,康熙十年(1671)一甲一名進士及第,次年任壬子科順天鄉試正考官。容若就在這一科考中了舉人。根據科舉時代的慣例,容若自居門生,把蔡當作老師。康熙十二年,有人劾奏順天鄉試錄取副榜(正式錄取名額之外,又取若干名)沒有按規定給漢軍旗人一定的照顧,蔡與副考官徐乾學因此都受到降一級調用的處分。蔡隨即以侍奉老母為理由辭職歸里。這首《摸魚兒》就是蔡離京南歸時容若送行之作。容若對他這位座主的為人和學問都很欽佩,而且懷著知遇之感。詞中在對蔡表示同情和慰藉的同時,流露出對當政的袞袞諸公的不滿以及對仕途風波的感慨。不平之氣,躍然紙上。

　　問人生、頭白京國,算來何事消得?[1]不如罨畫清溪上,蓑笠扁舟一隻。人不識。且笑煮鱸魚,趁著蒪絲碧。[2]無端酸鼻,向岐路銷魂,征輪驛騎,斷雁西風急。[3]　　英雄輩，事業東西南北。臨風因甚成泣？[4] 酬知有願頻揮手，零雨淒其此日。休太息，須信道、諸公袞袞皆虛擲。[5] 年來蹤跡，有多少雄心，幾番惡夢，淚點霜華織。[6]

注釋

1　"問人生"二句：問人生在世奔逐於京都名利場中，直到白髮滿頭，算起來有什麼事情值得付出這樣高的代價呢？**京國**：京都。**消得**：值得，抵得上。

2　"不如"五句：倒不如回到故鄉，戴著箬笠，披著蓑衣，駕著一隻小船，在那景色如畫的清溪上自由自在地遊蕩。別人也不會認識這是一位狀元公。且趁蓴菜鮮嫩，笑著把它和鱸魚一起膾煮。**罨（yǎn 掩）畫清溪**：浙江長興縣境內有溪名罨畫，風景極美，溪畔又有罨畫亭。每逢春暖花開之時，遊人紛集。蔡啟僔是浙江人，所以這裏用罨畫溪來借指他的家鄉。罨畫原意是雜色的彩畫。**蓑（suō 梭）笠**：蓑指蓑衣，是用草或棕編成的雨衣。笠指箬笠，是用竹葉或竹篾編成的寬邊帽，用以禦雨或遮陽。**扁舟**：小船。**鱸（lú 盧）魚**：產於沿海地區的一種魚，肉味鮮美。**蓴（chún 純）絲**：蓴菜的嫩枝。蓴菜是一種多年生水草，可食用。《晉書·張翰傳》記載吳人張翰在洛陽當官，一日秋風起，忽然想起故鄉蓴菜鱸魚滋味之美，説道："人生貴得適志，何能羈宦數千里以要名爵乎！"於是就棄官歸里。後人因以"蓴鱸之思"為棄官歸隱之典。

按，罷畫清溪，蓑笠扁舟，鱸魚蓴絲，都是說隱居生活逍遙自在，用以安慰蔡啟傳不必為宦途失意而煩惱。

3 **"無端"四句**：可是我沒來由地鼻子發酸，對著分別的路口黯然銷魂，彷彿已看到先生騎馬乘車，在能把雁群吹散的強勁的西風中匆匆趕路。**無端**：沒端，沒有理由地。**岐路**：岐，即歧。岔道路口。**銷魂**：此言由於極度悲痛愁苦，內心感情激盪，似乎魂靈離開了身軀。江淹《別賦》："黯然銷魂者，唯別而已矣。"**征輪**：長途遠行的車輛。**驛騎**：由官辦驛站供給的馬匹。**斷雁**：失群的雁。歐陽修《漁家傲》詞："風急雁行吹字斷。"

4 **"英雄輩"三句**：英雄之輩志在四方，無論東西南北都能做一番事業，為什麼要當風灑淚呢？

5 **"酬知"四句**：我早就有心願要酬報先生的知遇之恩，卻只能在今天這個飄著冷雨颳著寒風的日子裏，頻頻揮手，為先生送行。不必嘆息了，要相信那些當權的大官雖然一個一個地登上高位，但他們的榮華也轉眼成空，種種心機都是白費。**零雨**：落雨。《詩·鄘風·定之方中》："靈雨既零。"《毛亨傳》："零，落也。"**淒其**：寒冷。《詩·邶風·綠衣》："淒其以風。"**太息**：長長地嘆氣。**諸公袞**（gǔn 滾）**袞**：諸公指那些有權有勢的大官。袞袞，本指接連不斷，又有繁多的意思。杜甫《醉時歌贈廣文博士鄭虔》詩："諸公袞袞登臺省。"**虛擲**：空拋，此謂一切心機都成白費。

6　"年來"四句：回顧近年來的經歷，曾經有過多少雄
　　心，又做了多少次惡夢，真是一路上都交織著淚點和
　　霜花。
　　按：這五句是說宦途風波險惡，縱有雄心，也不得施
　　展，只落得個冷落淒寂的結局。

尋芳草 蕭寺紀夢

　　容若身為侍衛，經常入值宮禁或扈從出巡，飽嘗
了不得與愛妻團聚的別離之苦，因此離情別思之作在
《納蘭詞》中佔了很大的比重。這一闋《尋芳草》寫
因思念而夢歸，然而夢中來去匆匆，未能愜意。這在
一定程度上正反映了平時生活中的缺憾。結尾言夢醒
時伊人不見、獨對佛燈一盞，境界空寂，似乎有佛家
色空之說的折光。

　　詞題作"蕭寺紀夢"，蕭寺即佛寺。南朝梁武帝
蕭衍篤信佛教，建造了許多寺院，又往往命人在所建
的寺院的壁上大書一"蕭"字。後人稱佛寺為蕭寺，
由此。

　　客夜怎生過？夢相伴、綺窗吟和。[1] 薄嗔
佯笑道，若不是恁淒涼，肯來麼？[2] 　　來去
苦匆匆，準擬待、曉鐘敲破。[3] 乍偎人，一閃
燈花墮，卻對著琉璃火。[4]

注釋

1　"客夜"二句：客中之夜怎捱過？夢裏與她在家中華美

的窗下吟詩唱和。**怎生**：怎樣，如何。**綺窗**：雕畫精美的窗戶。

2　**"薄嗔"三句**：她帶怒裝笑問道：要不是在外面這樣地淒涼，你肯來嗎？**嗔**：怒，生氣。**佯**：假裝。**恁**：如此，這般。

3　**"來去"二句**：剛來不久，又要離去，實在是過於匆忙，我打算著，也等待著這好夢被曉鐘敲破。**苦**：甚、極、過於。**準擬**：打算著，算定了。

4　**"乍偎人"三句**：她忽然依偎過來，燈影一閃，燈花落地——醒來卻是面對著一盞佛燈。**乍**：突然。**燈花**：油燈燈芯餘燼爆落，如同花形，稱為 "燈花"。**琉璃火**：佛前供奉的油燈，因用琉璃作盞，故云。

浣溪沙 西郊馮氏園看海棠因憶香嚴詞有感

　　詞題中提到的《香嚴詞》，是龔鼎孳的詞集。張任政《納蘭性德年譜》言"龔嘗有《驀山溪》'重來門巷，盡日飛紅雨'二句，為當時所傳誦。觀容若此詞，似不勝重來之感。云'憶《香嚴詞》'未知何指"。今按：容若云"憶《香嚴詞》"，當是指《羅敷媚·朱右君司馬招集西郊馮氏園看海棠》闋（見注釋）。龔詞是寫盛開枝頭的海棠，意謂以垂暮之年對此嫣紅，不勝白髮紅顏之感，因而自傷老大。容若此作則是寫飄落風中的海棠，意謂紅顏亦自無常，因嘆青春易逝，情調更為頹傷。王鴻緒評為："柔情一縷，能令九轉腸迴，雖山抹微雲君（指北宋詞人秦觀，"山抹微雲"是秦的名作《滿庭芳》的首句）不能道也。"

　　西郊馮氏園，原址在今北京廣安門外小屯。主人馮姓，精於園藝，自清初至清末，累世相傳。

　　誰道飄零不可憐？舊遊時節好花天。斷腸人去自今年。[1]　　一片暈紅疑著雨，晚風吹掠鬢雲偏。倩魂銷盡夕陽前。[2]

注釋

1. **"誰道"三句**：誰説風中飄零的海棠不值得同情？上次來遊的時候，正是春光明媚的艷陽天，那海棠爛漫枝頭，燦若雲霞，現在卻凋零不堪，如同斷腸人一樣從今就淪落天涯了。"今年"一作"經年"。**斷腸人**：指心有創痛的失意之人。

2. **"一片"三句**：那一片紅色就像被水化開似的由深而淺，使人懷疑是剛剛淋上了雨。晚風掠過，朵朵海棠向一方傾側，就像女子柔美的鬢髮在風中偏斜。而落花片片，終於在夕陽影中魂斷香消了。"疑"一作"纔"。"晚風吹掠鬢雲偏"一作"幾絲柔柳乍和煙"。**暈紅**：由深而淺，模模糊糊地逐漸化淡的紅色。**著雨**：帶雨。**鬢雲**：喻女子柔美的鬢髮如同雲彩一般舒捲。**倩魂**：唐人陳玄祐的小説《離魂記》記張鎰女倩娘與表兄王宙相戀。張鎰將女别許他人，王宙不得已，乘船離去，半夜忽然倩娘趕來，兩人遂私奔遠地。五年後已生二子，夫婦同歸，王宙先拜見張鎰説明情況，請罪謝過。張鎰大驚，説倩娘五年來，一直昏迷不醒，未出閨門一步。倩娘後至，室中病女自起出迎，兩女相見，合為一體。原來追上王宙，與他結合並生子的是倩娘的靈魂。後人遂把倩女離魂用作少女情死的典故。此則以倩魂比喻落花。

附：龔鼎孳《羅敷媚》詞一首

朱右君司馬招集西郊馮氏園看海棠

今年又向花間醉，薄病探春，火齊纏勻，恰是盈盈十五身。　　青苔過雨風簾定，天判芳辰，鶯燕休嗔，白首看花更幾人。

龔鼎孳：字孝開，安徽合肥人，明崇禎進士，後降清，康熙間官至禮部尚書，是當時文壇領袖之一。朱右君：朱之弼，字右君，福建延平人。康熙間曾官至兵部尚書。司馬：指大司馬，兵部尚書的別稱。火齊：玫瑰色的珠狀寶石。此喻海棠之色。判：判與，給予。芳辰：良辰，美好的時節。

江城子

此詞《通志堂集》卷六錄之，有題，作"詠史"；而他本多無此題。據詞的內容看來，所詠與史事了無干涉，原題疑是誤加，今不取。

詞中用了巫山神女的與故，但容若生平行履，未到過三峽一帶，當是在別處遇上了欲雨不雨的天氣，望著遮掩在濃雲密霧中的群峰，聯想到那位"且為行雲，暮為行雨"的神女，又聯想到自己過去的戀人和情事，感而賦此。全詞語意迂曲，使人有"影淒迷、望中疑"的感覺，可能作者有難言之隱，所以採取這種表現手法。

濕雲全壓數峰低，影淒迷，望中疑。[1] 非霧非煙，神女欲來時。[2] 若問生涯原是夢，除夢裏，沒人知。[3]

注釋

1 **"濕雲"三句**：那些山峰似乎全都被充滿雨意的雲層壓低了，山影模模糊糊，望上去若有若無。**濕雲**：濕度極大的雲。**淒迷**：迷茫。

2　**"非霧"** 二句：不是霧，也不是煙，迷迷濛濛，正是神
　　女即將降臨時的情景。**神女**：指巫山神女，據說是赤帝
　　的女兒瑤姬。宋玉《高唐賦》記楚襄王遊雲夢高唐館，夢
　　見一女子並與之歡會，那女子自稱巫山之女，"旦為行
　　雲，暮為行雨"。
　　按：此二句似暗用白居易《花非花》詞意："花非花，
　　霧非霧。夜半來，天明去。來如春夢幾多時？去似朝雲
　　無覓處。"

3　**"若問"** 三句：若要問起神女生涯究竟如何，那本來是
　　一場夢而已，除了在夢境中，是沒有人能參透的！**生
　　涯**：生活。李商隱《無題》詩："神女生涯原是夢，小
　　姑居處本無郎。"

金縷曲 贈梁汾

此首為題顧貞觀側帽投壺圖作。顧字華峰，號梁汾，江蘇無錫人，是當時著名文士。康熙十五年（1676）顧應容若父明珠之聘，為納蘭家西賓。容若與之一見如故，遂為莫逆之交。此詞顧有和作，附注稱：「歲丙辰（1676），容若年二十有二，乃一見即恨識余之晚。閱數日，填此曲為余題照。極感盛意，而私訝'他生再結'，語殊不祥。何竟為乙丑五月之讖也，傷哉！」納蘭詞是以悽婉纏綿著稱的，這一首卻明快跌宕，體現了另一種風格。作者不矜門第，惟求知己的渴望發自肺腑，讀起來相當感人。徐釚《詞苑叢談》評為「詞旨嶔奇磊落，不啻坡老、稼軒」，並說此詞一出，「都下競相傳寫」。

德也狂生耳。偶然間、緇塵京國，烏衣門第。[1] 有酒惟澆趙州土，誰會成生此意？不信道、遂成知己。[2] 青眼高歌俱未老，向尊前、拭盡英雄淚。君不見，月如水。[3] 　　共君此夜須沉醉，且由他、蛾眉謠諑，古今同忌。[4] 身世悠悠何足問，冷笑置之而已。尋思起、從頭翻悔。[5] 一日心期千劫在，後身緣、恐結他生裏。然諾重，君須記。[6]

注釋

1　"德也"三句：我不過是一位性情疏放、不拘小節的書生罷了，只是由於命運偶然的安排，出生在富貴之家，弃走於京都名利場中，蒙受世俗塵污的侵染。**德**：作者自稱。**狂生**：《後漢書・仲長統傳》："統性俶儻，敢直言，不矜小節，默語無常，時人或謂之狂生。"**緇**（zī資）：黑色。陸機《為顧彥先贈婦》詩："京洛多風塵，素衣化為緇。"**京國**：京城。**烏衣門第**：東晉時大貴族王導、謝安居於建康（今南京）烏衣巷，其子弟喜穿烏（黑色）衣，時稱"烏衣郎"，後人因以"烏衣門第"指貴族世家。

2　"有酒"三句：有酒只肯祭奠平原君，誰能理解我這種心情呢？真教人難以相信啊，竟然遇到了你，就此結為知己。李賀《浩歌》詩："有酒惟澆趙州土，買絲繡作平原君。"平原君為戰國時趙惠文王之弟趙勝，平生喜交賓客，能救人急難。**成生**：作者自稱，容若原名成德。

3　"青眼"四句：你我志趣相投，慷慨高歌，雖然人猶未老，但對世事感慨萬千，對著酒杯，揩盡了英雄熱淚。你沒有看見嗎？正是月光如水，夜色淒清的時候。**青眼**：黑眼珠。《晉書・阮籍傳》說阮籍能作青白眼，對

禮俗之士白眼相加，對志同道合的人才視以青眼。杜甫
《短歌行贈王郎司直》詩："仲宣樓頭春色深，青眼高歌
望吾子，眼中之人吾老矣。"作者在此翻用了杜詩語意。

4　**"共君"三句：**我同你今夜要痛飲沉醉，任憑他人造謠
中傷；小人妒賢忌能，原是古今一轍啊！**蛾眉：**女子長
而美的眉，也用以指美貌的女子。**謠諑**（zhuó 濁）：造
謠誹謗。《離騷》："眾女嫉余之蛾眉兮，謠諑謂余以善
淫。"

5　**"身世"三句：**身世之感，渺茫悠遠，不值一提，我們
冷笑一聲，置之不理罷了，如再從頭想起，不免又要後
悔感嘆。

6　**"一日"四句：**你我一朝互相期許，交情永遠不變，即
使歷盡千劫依然存在。身後的緣份，恐怕到來生仍會繼
續下去。朋友以信義為重，答應了的就一定做到，你
要記住啊。**心期：**同心之人，兩相期許。《南史·向柳
傳》："柳曰：'我與士遜（顏峻）心期久矣，豈可一旦
以勢利處之？'"**劫：**佛經以天地形成一次，毀滅一次
為一劫。**後身：**來世轉胎之身。**然諾：**許諾。

金縷曲 簡梁汾，時方為吳漢槎作歸計

吳漢槎即吳兆騫（qiān 千），江蘇吳江人，早負才名，與顧梁汾交好。順治十五年（1658）在丁酉江南科場案中受到牽連，被流放到寧古塔（今黑龍江寧安）。康熙十五年（1676）末，顧梁汾填了兩首《金縷曲》寄給吳漢槎，感情真摯、語意沉痛，傳誦一時。容若見後深受感動，答應竭盡全力營救吳漢槎入關，五年後終於實現了這一諾言。此事一直被人們所艷稱，傳為詞林佳話。容若此作是在為吳漢槎入關一事奔走時填寫的。詞意充滿了對受到清王朝文化高壓政策迫害的漢族知識分子的同情。這種感情出現在一位滿族貴公子身上，難能可貴。詞是寄給顧梁汾的，而宛轉反覆，痛快淋漓，情真意切，在沉痛中蘊蓄著悲憤，顯然是受到顧氏原唱的影響。

灑盡無端淚。莫因他、瓊樓寂寞，誤來人世。[1] 信道癡兒多厚福，誰遣天生明慧？就更著、浮名相累。[2] 仕宦何妨如斷梗，只那將、聲影供群吠。天欲問，且休矣。[3] 　　情深我自拚憔悴。轉丁寧、香憐易爇，玉憐輕碎。[4] 羨煞軟紅塵裏客，一味醉生夢死。歌與

哭、任猜何意。[5] 絕塞生還吳季子，算眼前、
此外皆閒事。知我者，梁汾耳。[6]

注釋

1　"灑盡"三句：流盡了沒來由的眼淚，願才人不要因為
　　天上寂寞，就錯誤地來到人世。唐賀知章稱李白為"謫
　　仙人"，後人也往往將才人比為上天謫仙，故云。**瓊
　　樓**：月中宮殿，又泛指天宮仙闕。蘇軾《水調歌頭・
　　中秋》詞："我欲乘風歸去，又恐瓊樓玉宇，高處不勝
　　寒。"此反用其意。

2　"信道"三句：真個是癡人反多厚福，誰教他天生聰明
　　靈慧的呢？更何況又受到塵世虛名的牽累。**遣**：使、
　　教。**著**：附著，附上。**浮名**：虛名。
　　按：容若《水龍吟・題文姬圖》詞亦云："怪人間厚福，
　　天公儘付，癡兒騃女！"可參看。

3　"仕宦"四句：宦海浮沉，本是身不由己，何妨如同斷
　　梗飄轉，只是哪裏甘心將自己的形跡供人捕風捉影、不
　　察真偽地誣陷攻訐？要向老天問個究竟，咳，還是算了
　　吧。**斷梗**：斷枝，指微賤之物，又喻飄流不定。**聲影供
　　群吠**：東漢時諺語有"一犬吠形，百犬吠聲"，言一犬
　　見形而吠，群犬雖無所見，亦隨聲亂吠。見王符《潛夫
　　論・賢難》。**天欲問**："欲問天"的倒裝。

4　"情深"三句：我自多情，拼了為感情翻騰而痛苦、憔
　　悴，但轉而要再三告誡的是：美好的事物經不起磨折，

可憐香易燒盡，玉易跌碎。**拚**：同“拚”，捨棄，不顧一切。**丁寧**：屢屢叮囑。**爇**（ruò 若）：焚燒。

5　　“羨煞”三句：可羨的倒是篆華場中的徼名逐利之徒，只知道醉生夢死，反而不會有什麼煩惱痛苦。我忽而高歌、忽而痛哭，其意任憑世人去猜測議論。**羨煞**：羨慕之極。**軟紅塵**：指繁華的鬧市。蘇軾《次韻蔣穎叔錢穆父從駕景靈宮》詩：“軟紅猶戀戀屬車塵。”自注：“前輩戲語有‘西湖風月，不如東華軟紅香土’。”**一味**：專一於某事。**醉生夢死**：喻昏昏沉沉，糊里糊塗地生活。

6　　“絕塞”四句：要從極遠的邊塞救回吳漢槎，眼前除此事以外，其他的閒事都不放在我心上。能了解我的，只是你梁汾一人罷了。**絕**：僻遠。**吳季子**：春秋時吳公子季札又稱延陵季子。漢槎有二兄，又正姓吳，所以稱他為吳季子。

附：顧貞觀《金縷曲》詞二首

寄吳漢槎寧古塔，以詞代書，丙辰冬寓京師千佛寺冰雪中作

　　季子平安否？便歸來、平生萬事，那堪回首。行路悠悠誰慰藉，母老家貧子幼。記不起、從前杯酒。魑魅搏人應見慣，總輸他、覆雨翻雲手。冰與雪，周旋久。　　淚痕莫滴牛衣透。數天涯、依然骨肉，幾家能

夠？比似紅顏多命薄，更不如今還有。只絕塞，苦寒難受。廿載包胥承一諾，盼烏頭馬角終相救。置此札，君懷袖。

我亦飄零久。十年來、深恩負盡，死生師友。宿昔齊名非忝竊，試看杜陵消瘦，曾不減、夜郎僝僽。薄命長辭知己別，問人生、到此淒涼否。千萬恨、從君剖。　兄生辛未吾丁丑。共些時、冰霜摧折，早衰蒲柳。詞賦從今須少作，留取心魂相守。但願得、河清人壽。歸日急翻行戍稿，把空名、料理傳身後。言不盡，觀頓首。

魑魅（chī mèi 癡寐）：山林中害人的鬼怪，比喻小人。**牛衣**：粗麻編成之衣。**包胥**：春秋時楚國的大夫申包胥。吳兵攻入楚國的首都郢，申包胥赴秦求救，在秦國朝廷哭了七天七夜，終於感動了秦國君臣，同意發兵救楚。**烏頭馬角**：烏，烏鴉。戰國末燕太子丹在秦國當人質，秦王說要等到"烏頭白、馬生角"的那一天，才放他回國。後因以"烏頭馬角"喻極難實現的事。**杜陵**：杜甫曾自稱"杜陵野老"，"杜陵布衣"，此顧貞觀借以自謂。**夜郎**：指李白，李白曾被流放夜郎。此顧貞觀借以稱吳漢槎。**僝僽**（chán zhòu 蟬宙）：煩惱、愁苦。**兄生辛未吾丁丑**：辛未，明崇禎四年（1631）；丁丑，崇禎十年（1637）。

虞美人 為梁汾賦

　　容若以詞名家，臨終時猶有"性喜作詩餘，禁之不能"（見徐乾學《通志堂集序》）之語。雖然享年不永，但留給後世的三百四十多首詞作，精力所萃，大有可觀。況周頤說他"適承元明詞敝甚，欲推尋斯道，一洗雕蟲篆刻之譏"（《蕙風詞話》卷五）。在這方面，顧梁汾與之志同道合。二人交誼最深、酬唱最多，所作詞也風格略同，當時齊名。這首《虞美人》即是為梁汾賦，表示了不慕榮利，不負故我，澹泊自守的信念和繼承發展詞學傳統，在詞壇自張一軍的決心。

　　憑君料理《花間》課，莫負當初我。[1] 眼看雞犬上天梯，黃九自招秦七共泥犁。[2]　　瘦狂那似癡肥好，判任癡肥笑。[3] 笑他多病與長貧，不及諸公袞袞向風塵。[4]

注釋

1　**"憑君"二句**：請你好好安排填詞的功課，不要辜負故我，違背自己一向的志願。憑：請。料理：安排、整理、發遣。《花間》課：指倚聲之學，填詞。《花間》謂《花間集》，是五代後蜀趙崇祚所編的唐五代作家的詞集。所收作品多寫閨情離思，風格婉約靡麗，對後世詞家影響很大。課：功課、日課。

2　"眼看"二句：眼看別人爭逐於名利場，拚命追求富貴，一人得道，雞犬升天。你和我卻像是黃九招引秦七，寧願一起因為填寫艷詞而下地獄。**雞犬上天梯**：據《神仙傳》記載，漢淮南王劉安修煉成仙，家中的雞犬都跟著他上了天。此處是以"雞犬"指爬上高位的卑污庸劣之徒。**黃九、秦七**：北宋詞人黃庭堅行九，人稱"黃九"，秦觀行七，人稱"秦七"。二人所作詞內容多涉男女情愛。此處容若把梁汾比作"黃九"，而以"秦七"自比。*泥犂*：梵語"地獄"的音譯。陳善《捫蝨新話》："魯直（黃庭堅字）好作艷歌小詞，道人法秀謂其以筆墨誨淫，於我法當墮泥犂地獄。"

3　"瘦狂"二句：瘦狂哪裏能像癡肥那樣好呢？我們兩個也只好聽憑那些既癡又肥的人的嘲笑了。**瘦狂、癡肥**：語出《南史·沈昭略傳》，傳稱沈昭略曾經醉逢王約，"張目視之曰：'汝是王約邪？何乃肥而癡！'約曰：'汝沈昭略邪？何乃瘦而狂！'昭略撫掌，大笑曰：'瘦已勝肥，狂又勝癡。'"瘦狂謂身形消瘦而又不拘禮節，狂妄自傲。癡肥謂腦肥腸滿，飽食終日，無所用心。**判任**：任憑。判同"拚"。

4　"笑他"二句：他們會笑我們一個多病，一個長貧，比不上他們奔逐在名利場上可以享受榮華富貴。**笑他**：

這裏作者從旁觀者的角度立言，所謂 "他"，實是指自己一方。**諸公袞袞**：見前《摸魚兒·送別德清蔡夫子》注。**風塵**：此暗喻污濁紛擾的仕宦生活。

一絡索 長城

　　古來詩人詞客過長城而發思古之幽情者多矣，所作大多以指責秦始皇的暴政為言。容若這首詞思山海翻覆，見城垣依舊，因發 "畢竟為誰家築" 的感嘆；立意雖未能盡脫前人的窠臼，而著眼於歷史的滄桑變化，多少翻出了一些新意。

　　野火拂雲微綠，西風夜哭。[1] 蒼茫雁翅列秋空，憶寫向，屏山曲。[2]　　山海幾經翻覆，女牆斜矗。[3] 看來費盡祖龍心，畢竟為，誰家築！[4]

注釋

1　　"野火" 二句：閃著幽暗綠光的鬼火飄向雲際，在西風聲中，似乎聽得見鬼魂夜哭。**野火**：磷火。屍骨中的磷化氫在空氣中會自動燃燒，發出綠光。舊時迷信以為是鬼所點的火，稱之為 "鬼火"。**拂**：掠過。

2　　"蒼茫" 三句：蒼遠迷茫的秋空中排列著雁陣，使人回憶起描繪在屏風上的圖畫。**屏山曲**：屏風曲折處。屏風直立如山，故稱 "屏山"。

3 "山海"二句：人世經歷了多少次翻覆變化，長城上的
女牆依然矗立。**山海**：此指人世滄桑。**女牆**：城上的小
牆。**矗**（chù 觸）：直立。由下上視，高處的物體每有傾
斜感，故云斜矗。

4 "看來"三句：看來當初真是費盡了秦始皇的心機，但
長城終究未能保住秦朝的天下，這畢竟是為誰家而築
啊！**祖龍**：指秦始皇。《史記·秦始皇本紀》："（三十六
年）秋，使者從關東夜過華陰平舒道，有人持璧遮使
者……因言曰：'今年祖龍死。'"裴駰集解引蘇林曰：
"祖，始也；龍，人君象。謂始皇也。"

訴衷情

此詞寫思婦春日無聊的情狀。雖然著墨不多，但形象生動，呼之欲出。

冷落繡衾誰與伴？倚香篝。春睡起，斜日照梳頭。[1] 欲寫兩眉愁，休休！遠山殘翠收。莫登樓。[2]

注釋

1. **"冷落"四句**：冷清清地獨擁繡被，有誰作伴呢？春睡起來，靠著薰籠，在夕陽斜暉中梳頭。**香篝**：薰籠，即罩在薰爐上的籠子。薰籠除可烘乾衣物外，又每用以薰香，所以稱作"香篝"。

2. **"欲寫"四句**：遠山似乎帶著愁態，打算按照那種模樣畫成雙眉。咳，還是算了吧！天色昏暗，遠山殘剩的翠色已看不見，不必再登樓遠望了。**寫**：這裏是畫的意思。**休休**：感嘆語，猶言罷了。**兩眉、遠山**：古人每以遠山比擬女子所畫的雙眉。

按：《西京雜記》言卓文君"眉色如望遠山，時人效畫遠山眉"，所以這裏把"欲寫兩眉"和"遠山殘翠"聯繫起來寫。欲作愁眉，則正表明心懷離愁，切合思婦的感情。

菩薩蠻

　　在寒風凜冽的冬夜，一位少婦懷念軍中的丈夫，並為之夢魂縈迴，忽而彷彿重現了夫婦在一起時花好月圓的良辰美景，忽而又恍惚身去邊塞，尋找日夜思念的他……這又是一闋寫思婦之情的詞。這類題材的作品容易流於纖弱，但容若此作，用"塞馬一聲嘶，殘星拂大旗"這樣剛勁的句子作結，出入意想，自有其獨到之處。

　　朔風吹散三更雪，倩魂猶戀桃花月。[1] 夢好莫催醒，由他好處行。[2]　　無端聽畫角，枕畔紅冰薄。塞馬一聲嘶，殘星拂大旗。[3]

注釋

1　"朔風"二句：北風吹散了夜半飄落的雪花，她的夢魂還留戀著春夜美好的月色。**朔風**：北風。**倩魂**：見前《浣溪沙·西郊馮氏園看海棠因憶香嚴詞有感》注，此指女子的夢魂。**桃花月**：春夜之月。

　　按：她之所以戀戀不忘"桃花月"，當是因為春天丈夫正在身邊，那時有團聚之樂，無別離之苦。

2　　"夢好"二句：她正做著好夢，不要催她醒來，且由她
　　　　在夢境中進入美妙的境界。

3　　"無端"四句：無緣無故的，忽然聽見響起了畫角，戰
　　　　馬一聲嘶叫，數點殘星掠過招展著的大旗，將士們又要
　　　　出征了。夢境中的她因無法見到所思念的人而傷心起
　　　　來——啊，不覺枕畔的眼淚已結成了薄薄的一層冰。
　　　　無端：沒來由，無緣無故地。**畫角**：古代軍中使用的一
　　　　種管樂器，用竹木皮革或銅製作，形似竹筒，上粗下
　　　　細，外加彩繪，其聲哀厲高亢，用以警昏曉、振士氣。
　　　　紅冰：《開元天寶遺事》言楊玉環被召入宮，"與父母相
　　　　別，泣涕登車，時天寒，淚結為紅冰"。**塞馬**：邊塞地
　　　　區軍中的戰馬。**嘶**：馬叫。**殘星**：殘存的曉星。

踏莎行

　　有人不解欣賞大好春光，偏偏掩屏獨睡。原來正是春色撩動了春情，使她陷入了相思的苦悶之中。此作寫春景如畫，摹春怨如見，清麗淒婉。這是納蘭詞的當行本色。

　　春水鴨頭，春山鸚嘴，煙絲無力風斜倚。[1] 百花時節好逢迎，可憐人掩屏山睡。[2]
　　密語移燈，閒情枕臂，從教醞釀孤眠味。[3] 春鴻不解諱相思，映窗書破人人字。[4]

注釋

1　"春水"三句：春水綠得像野鴨的頭，春山紅得像鸚鵡的嘴，籠罩在霧靄中的柳絲無力地飄盪，似乎斜靠在春風身上。"春山"一作"春衫"。**煙絲**：煙霧中的柳絲。楊巨源《折楊柳》詩："水邊楊柳麴煙絲。"**風斜倚**："斜倚風"的倒裝。韓偓《春盡日》詩："柳腰入戶風斜倚。"

2　"百花"二句：在這百花盛開的時節，應該敞開門戶，敞開心胸，迎進這大好春光，可憐她卻掩上屏風獨自悶睡。**好**：這裏是便於、合宜的意思。**屏山**：見前《一絡索‧長城》注。

3　　"密語"三句：移燈窗下，細聲密語；並臥牀上，以臂代枕。回憶著往日兩人在一起時的種種情事，任憑自己把孤眠獨宿之苦慢慢體味。**密語移燈**：此用吳文英《玉燭新》詞"移燈夜語西窗"之意。**從教**：聽任，任憑。**醖釀**：原意是造酒。這裏是指孤眠時的淒涼滋味像發酵那樣越來越濃。

4　　"春鴻"二句：春雁不知道在為相思而苦的人面前應該有所避忌，故意要觸動人的心事，牠們排成人字陣在窗外飛過，影子落在窗紙上，好像在把"人人"二字寫了又寫。**人人**：對所愛之人的暱稱，為宋時俗語。辛棄疾《尋芳草》詞："雁兒調戲道無書，卻有書中意，排幾個，人人字。"

南鄉子

　　這首《南鄉子》是閨人傷別之詞，雖然著墨不多，卻十分傳神，頗有動人之處。詞中描寫不願丈夫遠行的少婦到臨別之時低頭垂淚，又摘取紅豆為贈，情狀可愛可憐。"人去似春休，巵酒曾將酹石尤"二句刻劃無可奈何而又不切實際地希冀萬一的心理更是生動真切。

　　煙暖雨初收，落盡繁華小院幽。[1]摘得一雙紅豆子，低頭。說著分攜淚暗流。[2]　　人去似春休，巵酒曾將酹石尤。[3]別自有人桃葉渡，扁舟。一種煙波各自愁。[4]

注釋

1　"煙暖"二句：霧氣帶著暖意，細雨剛剛停住，花已落盡，小院中一片幽靜。繁華：盛開的花。

2　"摘得"三句：摘下了一對相思子，贈給即將遠行的人，說起馬上就要分別，不禁低著頭暗自流淚。紅豆子：即相思子，相思木所結的子。色紅，大如豌豆。古人每把它當作愛情或相思的象徵。王維《相思》詩："紅豆生南國，春來發幾枝？願君多採擷，此物最相思。"

分攜：分離、離別。

3 **"人去"二句**：那人離去了，就像春光不可挽留一樣。閨中人當初曾經用一杯酒祭奠過石尤風，希望它能阻止客船前進，看來未必能如願。**卮**（zhī 支）：古代的一種盛酒的器皿。**酹**（lèi 淚）：祭奠時以酒澆地。**石尤**：指石尤風，即逆風，打頭風。據《江湖紀聞》記載，古有石氏女嫁尤郎為妻，尤遠出經商，久久不歸，石氏思之成疾而亡，臨終長嘆曰："吾恨不能阻其行，以至於此。今凡有商旅遠行，吾當作大風，為天下婦人阻之。"後人因把行船時遇到的打頭逆風叫做"石尤風"。

4 **"別自"三句**：江邊渡口另有為親人送行的人，眼看一隻隻小船駛入煙波，漸漸遠去，恐怕也各自都懷著別離的愁苦。**桃葉渡**：南京市秦淮河畔的一個渡口，相傳因晉王獻之在此作歌送其愛妾桃葉渡江而得名。此處當是泛指渡口。**扁舟**：小舟。**煙波**：水氣蒸騰，霧靄蒼茫的水面。**一種**：一樣，同樣。

菩薩蠻 迴文

這是一闋迴文詞，每句都顛倒可誦，一句化為兩句，兩兩成義有韻。迴文作為詩詞的一種別體，歷來不乏作者，但要做到字句迴旋往返，屈曲成文，並不是容易的事。有些人把這當作文字遊戲，不免因辭害義，以至文理凝澀，牽強難通，結果是欲顯聰明，反而給人以捉襟見肘的感覺。容若此作雖然並無特別值得稱頌之處，但清新流暢，運筆自如，在同類作品中自屬佼佼者，故錄之以備一格。

霧窗寒對遙天暮，暮天遙對寒窗霧。花落正嗁鴉，鴉嗁正落花。[1]　　袖羅垂影瘦，瘦影垂羅袖。風翦一絲紅，紅絲一翦風。[2]

注釋

1　**"霧窗"四句**：霧中的窗戶帶著寒意正與遠天的暮色相對，滿天暮色又正遙對一窗寒霧。花落時啼鴉聲聲，鴉啼時落花朵朵。嗁：同"啼"。

2　**"袖羅"四句**：羅袖垂影，瘦削可憐，瘦削的身影又正羅袖低垂。輕風吹過，似乎剪出一絲紅痕，那閃現的紅痕一絲，又正顯得輕風似剪。**翦**：同“剪”。賀知章《柳枝詞》：“二月春風似翦刀”。**紅絲**：此“紅”當指窗中羅袖之色。

唐多令雨夜

此詞題為"雨夜"，實寫思婦傷春懷遠。雨絲、苔痕，烘托出一種凝重寂寞的氣氛。從黃昏到夜半，孤獨的她聽風聽雨，觸目成恨。好不容易入夢了，夢魂飛度關山，來到丈夫戍守的邊地，偏偏"才識路，又移軍"，要找的人又離開了那個地方。

絲雨織紅茵，苔階壓繡紋。是年年、腸斷黃昏。[1]到眼芳菲都惹恨，那更說，塞垣春。[2]　蕭颯不堪聞，殘妝擁夜分。為梨花、深掩重門。[3]夢向金微山下去，才識路，又移軍。[4]

注釋

1　"絲雨"三句：絲絲細雨打在滿地落花上，好像在編織紅色的地毯，長著苔蘚的台階如同壓上了一層精美的花紋。一年又一年，每到黃昏時刻，最教人無限傷心。**紅茵**：鋪地如茵的落花。**茵**：鋪墊用的織物，如地毯、褥子之類。**繡紋**：像刺繡一樣華麗精美的花紋。王彥泓《感舊遊》詩："壞牆風雨繡苔紋。"

2　“到眼”三句：春日的花草入眼都成了觸發離愁別恨的東西，更不要提春色也已經到了邊塞。**芳菲**：芬芳的花草。**塞垣**：長城，邊塞地區。

3　“蕭颯”三句：風聲淒切，真是無法忍受，夜半時分，獨持殘妝，因為不忍看見梨花經受風吹雨打的磨折，掩上了層層門戶。**蕭颯**：同“蕭瑟”，樹木被風吹拂時發出的聲音，在愁人耳中每有寂寞淒涼感。**殘妝**：殘餘之妝。古時女子晨起曉妝，梳洗打扮，戴上各種裝飾品，至晚臨睡前則卸妝。殘妝指尚未完全卸妝時的狀態。**擁**：持有。**夜分**：夜半。**重門**：一重重的門。戴叔倫《春怨》詩：“金鴨香消欲斷魂，梨花春雨掩重門。”

4　“夢向”三句：夢魂要飛到他戍守的地方去，剛認清了路，偏偏他所在的那個部隊已經移防了。**金微山**：即今阿爾泰山，唐初曾在金微山一帶設金微都督府，派兵戍守。此以“金微山”泛指邊塞地區。

按：這一個不出閨中的少婦居然在夢中找出一條通往邊遠的塞外的道路，想必做過無數次飛向邊境的夢，又在夢境中進行了無數次的摸索。然而這歷盡千辛萬苦的夢魂仍未能見到朝思暮想的人。相思之深，離情之苦，在此被表現得淋漓盡致。“才識路、又移軍”兩句與唐人張仲素《秋閨思》的詩句：“欲寄征衣問消息，居延城外又移軍”相比，可以說是青出於藍而勝於藍。

秋千索

《秋千索》這一調名詞譜不載，或是容若自度曲，而取此作上闋末句為名。

這首詞詠的是少婦春愁：白天簾幕半垂，無語獨坐，顯見長日無聊，但有女伴相招，還可強打精神一起遊戲；到晚間獨對新月落花，惜春傷春之情難以自抑，可就"這次第，怎一個愁字了得"了。上闋的紅袖曲檻，綠楊秋千，下闋的樓頭新月，庭中梨花，都是歷歷如畫；而通篇寓情於景，寫得十分含蓄。

遊絲斷續東風弱。渾無語、半垂簾幕。[1]
茜袖誰招曲檻邊，弄一縷、秋千索。[2]　　惜花人共殘春薄。春欲盡、纖腰如削。[3]新月纔堪照獨愁，卻又照、梨花落。[4]

注釋

1　"遊絲"二句：在微弱的東風中，蛛絲飄動，似斷似續。簾幕半垂，悄然無聲。"渾無語"一作"悄無語"，一作"無一語"。**遊絲**：蜘蛛等昆蟲所吐的絲狀物在風中飄動，稱為"遊絲"，亦稱"晴絲"，於春日為多。**渾**：完全。

2　**"茜袖"二句**：誰在曲折的欄杆旁揮動紅色的衣袖招喚？原來是女伴來邀，喚她出去打秋千。"茜袖"一作"紅袖"。"弄"一作"颺"。**茜**（qiàn 欠）：草名，其根可用作紅色染料，所以"茜"亦每被用作紅色的代稱。**檻**：原指窗前的欄杆，此言曲檻，似指迴廊的欄杆。

3　**"惜花人"二句**：這暮春時節，愛花人同春色一樣容光減損。春將盡，她的細腰也更加瘦削了。**惜**：愛。**殘春**：殘剩之春，暮春。**纖腰**：細腰。鮑照《擬行路難》詩之八："牀席生塵明鏡垢，纖腰瘦削鬘蓬亂。"

4　**"新月"二句**：新月的微光剛剛能照見獨懷離愁的她，卻又同時照見庭院中梨花正在凋落。**纔**：同"才"。方才，剛剛。

　　按：惜花人為春去花落而傷感，實有自悼之意。"獨愁"是因相思而愁，"纖腰如削"當然也是因相思而瘦。

菩薩蠻

　　殘唐五代以來，多數詞家認定“詞為艷科”，所作多涉閨情春怨，而此類作品又往往假託女子的口吻。這可以說也成了一種傳統。容若這首《菩薩蠻》是傷春之詞，細玩詞意，亦當是“男子而作閨語”。而其“消得一聲鶯，東風三月情”，“深巷賣櫻桃，雨餘紅更嬌”云云，寫來有聲有色，別具風韻，自是楚楚動人。

　　為春憔悴留春住，那禁半霎催歸雨！[1] 深巷賣櫻桃，雨餘紅更嬌。[2]　　黃昏清淚閣，忍便花飄泊？[3] 消得一聲鶯，東風三月情。[4]

注釋

1　“為春”二句：為了春光將盡而傷心憔悴，總想把春留住，哪裏禁受得起偏偏又下了一陣子催春歸去的雨！禁（jīn 今）：當得起，受得了。半霎（shà 廈）：指極短促的時間。催歸雨：辛棄疾《摸魚兒》詞：“更能消幾番風雨，匆匆春又歸去。”

2　“深巷”二句：深深的小巷裏有人在叫賣櫻桃，那些櫻桃沾雨以後紅得更加嬌艷了。

按：櫻桃紅熟在春末夏初。此二句顯然是脫胎於陸游《臨安春雨初霽》詩：「小樓一夜聽春雨，深巷明朝賣杏花。」

3 　"黃昏"二句：黃昏時分，眼眶裏滿含淚水，怎麼忍心就這樣看著春花凋落，隨水飄流？**閣**：留。清淚閣謂淚水留在眼眶裏。宋夏竦《鷓鴣天》詞：「閣淚汪汪不敢垂。」**忍便**：此是反問語氣，意即不忍。

4 　"消得"二句：東風三月，這暮春情懷只消受得起一聲鶯啼。**消得**：這裏是消受、受得的意思。

按：古人每舉"鶯花"以概括春時景物之勝，暮春時花落將盡，可消受的就只有鶯聲了。

一絡索

這一闋也是寫離愁別恨。高明之處不在於按題中應有之義，訴說了柔腸千轉的思念之情以及對歸家團聚之日的渴望，而在於最後做了一筆反面文章，強調自己怕發付不了他日兩人相聚，燈前絮話時她的那種"說不盡、離人話"的無限深情，因而又添新愁。這較之唐代詩人李商隱的名句"何當共剪西窗燭，卻話巴山夜雨時"來，意思更深了一層。

> 過盡遙山如畫，短衣匹馬。[1] 蕭蕭木落不勝秋，莫回首、斜陽下。[2]　　別是柔腸縈掛，待歸才罷。[3] 卻愁擁髻向燈前，說不盡、離人話。[4]

注釋

1　"過盡"二句：我一身騎裝，行色匆匆，在馬背上看著如畫的遠山一一掠過。**短衣**：此指便於騎馳的衣裝。杜甫《曲江三章章五句》之三："短衣匹馬隨李廣。"

2　"蕭蕭"二句：樹木在風中作響，落葉紛紛，這蒼涼的秋意教人難以禁受，不要再回首顧望了，夕陽已經西下。**蕭蕭**：此指草木搖落的聲音。杜甫《登高》詩：“無邊落木蕭蕭下。”**勝**：經得住。

按：上半闋描寫的景物和心緒同元人馬致遠《天淨沙·秋思》曲所云“古道西風瘦馬，夕陽西下，斷腸人在天涯”相彷彿。

3　**“別是”二句**：離別之情就是柔腸迴蕩，充滿了牽掛。這種牽掛只有到了歸家之日才會消除。**柔腸**：柔軟的心腸，多指纏綿的情意。**縈掛**：迴繞縈掛。按，別是，也可解作另有。

按：二句與白居易《長相思》詞“思悠悠，恨悠悠，恨到歸時方始休”義同，惟白詞抒思婦之情，此則表遊子之意。

4　**“卻愁”二句**：又只愁重逢之日她捧持髮鬢在燈前訴不盡、道不完別後相思之苦。**擁髻**：手棒髮鬢，伶玄《趙飛燕外傳序》言其妾樊通德曾為漢成帝宮婢，問以趙飛燕姊妹故事，“通德占袖，顧視燭影，以手擁髻，淒然泣下”。蘇軾《九日舟中望見有美堂上魯少卿飲處以詩戲之》詩：“遙知通德淒涼甚，擁髻無言怨未歸。”

按：“卻愁”之愁當因愛憐而生，與“柔腸縈掛”的離愁況味大不相同。三句懸想他日，作一轉折，更見用情之深。

眼兒媚

遠遊歸來，作者心中充滿了歡樂之情，覺得眼前一切事物都是那麼美好，面對久別重逢的愛妻，他完全沉浸於幸福之中了。

　　重見星娥碧海槎，忍笑卻盤鴉。[1] 尋常多少，月明風細，今夜偏佳。[2]　　休籠彩筆閒書字，街鼓已三撾。[3] 煙絲欲裊，露光微泛，春在桃花。[4]

注釋

1　“**重見**”二句：就像乘著大木筏在碧海航行，忽然重新見到仙女一樣，我又同她相聚了。她滿心喜悅，卻忍著笑只顧把烏絲盤成髮髻。**星娥**：仙娥。又專指織女。**槎**（chá 茶）：木筏。《荊楚歲時記》記載漢武帝時張騫出使西域，曾乘槎尋訪黃河源頭，結果遇見了織女。此用其典。李商隱《海客》詩：“海客乘槎上紫氛，星娥罷織一相聞。”**盤鴉**：鴉，黑色，此用以喻黑髮。李賀《美人梳頭歌》：“纖手卻盤老鴉色。”

2　“**尋常**”三句：平常經歷過多少明月高照，和風輕拂的夜晚，今天晚上卻是最美好的。**偏**：這裏表示程度，相當於很、最。

3　**"休籠"二句**：不要再握著筆無聊地寫字，聽外面街鼓已經敲過三遍了。**籠**：包，指把筆握在手裏。**彩筆**：這裏用作筆的美稱。此套用趙光遠《詠手》詩"慢籠彩筆閒書字"句。**街鼓**：街坊中用來報時警夜的鼓。**撾**（zhuā 抓）：敲擊。

　　按：二句意謂天色已晚，當及早歇息。

4　**"煙絲"三句**：見柳絲似要隨風飄拂，露珠正在緩緩下滴，春光就在那桃花枝頭。**煙絲**：見《踏莎行》"春水鴨頭"注。**裊**（niǎo 鳥）：飄拂搖曳或盤旋繚繞貌。**泫**（xuān 喧）：水滴下垂貌。謝靈運《從斤竹澗越嶺溪行》詩："花上露猶泫。"

　　按：正寫室內夫婦相對的情景，何以一下子筆鋒轉向室外的柳絲、露光、桃花？其實這三句語帶雙關，另有所指，不僅是寫春夜美好的景色，"煙絲欲裊"，言爐內香煙正盤旋上升；"露光微泫，春在桃花"，暗指她目光低垂，臉上飛起紅雲，十分動情。

攤破浣溪沙

翠柳掩映之中，一位身穿華麗衣衫的女子紅橋小立，裙裾輕揚……此詞寫來有入畫之妙，佈景設色，俱見匠心。又用欲寄雙葉見其情思，用弱不禁風見其憔悴，則伊人的心理活動，精神狀態也浮現紙上了。

小立紅橋柳半垂，越羅裙颺縷金衣。[1] 采得石榴雙葉子，欲遺誰？[2] 便是有情當落月，只應無伴送斜暉。[3] 寄語東風休著力，不禁吹！[4]

注釋

1 "小立"二句：她暫立在紅橋上，柳條半垂，一陣風過，揚起了越羅裙，飄動了縷金衣。**小立**：站一會兒。**紅橋**：有紅色欄杆的小橋。**越羅**：越地（今浙江省）所產的一種又細又薄的羅。田藝蘅《留青日札》："羅以細勻為貴，故曰輕羅，越地產，故曰越羅。"**颺**：同"揚"。**縷金衣**：用雜有金線的衣料製成的衣服，又泛指華貴的衣服。

2 "采得"二句：她採下了石榴樹上成雙成對的葉子，想贈送給誰？**石榴雙葉子**：石榴樹葉多對生，故可用來表示相思之意。陳師道《西江月‧詠榴花》詞：“憑將雙葉寄相思，看與釵頭何似？”王彥泓《無緒》詩之一：“空寄石榴雙葉子，隔簾消息正沉沉。”**遺**（wèi 位）：贈送。

3　**“便是”二句**：就便能含情不寐，獨對落月，也應是無人相伴，送走斜暉。**當**：對。

4　**“寄語”二句**：真想請人傳句話，讓東風不要這麼使勁，她可是經不起吹啊！**寄語**：傳話、帶口信。**著力**：用力。

　　按：下闋從旁觀者的角度擬想那女子獨處無伴，正在因相思、而愁苦、而憔悴。

酒泉子

《白雨齋詞話》的作者陳廷焯很欣賞這一首詞。究其原因，當是由於它感情含蓄，意致深婉，符合陳氏評詞以“沉鬱”為上的標準。其實容若此作，不過是“以自然之眼觀物，以自然之舌言情”（王國維《人間詞話》），本不求深。其動人之處，也正在這裏。

謝卻荼蘼，一片月明如水。[1] 篆香消，猶未睡，早鴉啼。[2]　嫩寒無賴羅衣薄，休傍闌干角。[3] 最愁人，燈欲落，雁還飛。[4]

注釋

1　“謝卻”二句：荼蘼花都凋謝了，只見滿天月光如水瀉地。荼蘼（tú mí 涂迷）：薔薇科植物，春末夏初開花，前人有“開到荼蘼花事了”的説法。

2　“篆香”三句：香已燃盡，繚繞的香煙漸漸消散，人還沒有睡意，清晨出巢的烏鴉卻啼叫了。篆香：謂香煙繚繞如同曲折迴旋的篆字。

3　“嫩寒”二句：天氣微有冷意，無奈羅衣太薄，還是別去靠傍欄杆。嫩寒：薄寒，微寒。無賴：這裏是無奈，無可奈何的意思。羅：一種稀疏滑軟的絲織品。闌干角：角字湊韻，不必真理解為欄杆之角。

4　**"最愁人"**三句：這是最使人發愁的時候，燈花要掉落了，雁群正從天上飛過。

　　按：因何不眠？因何有愁？詞未明言。從全詞的氣氛看，似是寫思婦懷遠。"燈欲落"，可見長夜孤寂；"雁還飛"，則從南歸之雁聯想到未歸之人。所以二者最能觸動愁緒。

青衫濕遍 悼亡

悼亡原指悼念亡者，晉潘岳妻死，作《悼亡詩》三首，後人因專稱喪婦及悼念亡妻為悼亡。容若初娶漢軍旗人兩廣總督盧興祖女，婚後夫妻十分恩愛，但婚後僅三年，盧氏即於康熙十六年（1677）五月三十日因難產夭亡（見葉舒崇《皇清納臘室盧氏墓誌銘》，誌石今藏首都博物館）。盧氏死後，容若追念不已，詞集中頗多悼亡之作，這一首《青衫濕遍》是作者在喪妻之後不到半月的時間內寫的。遽然死別的悲痛尚未被時間所沖淡，刻骨銘心的思念難以自制，真是柔腸寸斷，此情湧向筆底，寫來字字淒愴，如顧貞觀所言，"令人不忍卒讀"。

《青衫濕遍》，詞譜不載此調，當是作者自度曲，而以首句為調名。

青衫濕遍，憑伊慰我，忍便相忘？[1] 半月前頭扶病，翦刀聲、猶共銀釭。[2] 憶生來、小膽怯空房。到而今、獨伴梨花影，冷冥冥、儘意淒涼。[3] 願指魂兮識路，教尋夢也迴廊。[4]

咫尺玉鉤斜路，一般消受，蔓草斜陽。[5]

判把長眠滴醒，和清淚、攪入椒漿。⁶ 怕幽泉、還為我神傷。道書生、薄命宜將息，再休耽、怨粉愁香。⁷ 料得重圓密誓，難禁寸裂柔腸。⁸

注釋

1 **"青衫"三句**：眼淚濕透了衣衫，任憑她臨終時安慰我不要過於傷心，我怎忍把她忘記？**青衫**：唐代八、九品文官的服式，白居易《琵琶行》："座中泣下誰最多？江州司馬青衫濕。"後亦泛指一般的衣衫。**伊**：第三人稱代詞。

2 **"半月"二句**：半月之前，夜來剪刀聲中、銀燈影裏，還見她強支病體，操持女紅。"猶共"一作"猶在"。**扶病**：支持病體，多指勉力抱病做事或行動。**釭**（gāng 缸）：燈。銀釭指精美的燈。

3 **"憶生來"三句**：回想起她生來膽小，不敢在空房獨處。如今亡魂孤零零地獨與梨花幽影相伴，冷冷清清，昏昏暗暗，淒涼已極。**怯空房**：常理《古別離》詩："小膽空房怯。"**冥冥**：昏暗晦昧。**儘意**：盡意想之極。

4 **"願指"二句**：我願指點她的亡魂識路，也好重回家宅。**魂兮**：《楚辭·招魂》："魂兮歸來。""兮"為語助詞。下文"夢也"與此"魂兮"對文，"也"也是語助詞。**廊**：此用以代指家宅、內院。

5　“咫尺”三句：她的埋身之處緊靠叢葬宮女的地方，同那些墓中的不幸之人一樣忍受著荒草斜陽的慘澹風光。“斜陽”一作“殘陽”。咫：八寸為咫。咫尺喻極近。玉鈎斜：地名。據《嘉慶一統志》，江蘇江都縣西戲馬臺下有路名玉鈎斜，相傳其傍為隋煬帝葬宮女處。此借指北京郊外宮女叢葬處，納蘭家塋地所在的京西皂甲屯或與其地相鄰。消受：這裏是禁受、忍受的意思。

6　“判把”二句：我拚著同眼淚攪和酒漿，一滴一滴地祭奠，要把在地下長眠的她滴醒。判：不顧一切，豁出去；同“拚”。椒漿：用椒浸製的酒漿。《楚辭·九歌·東皇太一》：“奠桂酒兮椒漿。”此用以泛指酒漿。

7　“怕幽泉”三句：怕她在黃泉之下還要為我傷心，説道書生命薄，應該好好保養身體，不要再迷於戀情而為之生怨添愁了。幽泉：義同“黃泉”、“重泉”，指地下、陰間。神傷：神情傷感。將息：休息，調養。耽：沉溺。怨粉愁香：粉、香指女性。此謂為戀愛而煩惱。丁鶴年《故宮人》詩：“粉愁香怨不勝情。”

8　“料得”二句：料想她的亡魂如與我重見，一定會重提來世再作夫婦的誓約，我不禁柔腸寸斷。重圓：重新團圓。柔腸：見前《一絡索》“過盡遙山如畫”首注。

沁園春

　　此詞有序，觀之知是容若於丁巳（康熙十六年〔1677〕）重陽前三日夢見亡妻後感賦之作。生離，還有他日重圓的希望；死別，則人間天上，從此相見無因。偶爾夢中一遇，相對傾訴衷腸，縱然恍惚迷離，醒來也會對尚能記起的每一細節都追懷不已。夢境中短暫而又不甚分明的團聚，是對永訣後刻苦相思的安慰，但執手哽咽，本已黯然神傷，事後既知連這也不過是鏡花水月，那就更添惆悵，倍覺淒涼了。"贏得更深哭一場"，"料短髮，朝來定有霜"，正是作者傷心的自白。

**　　丁巳重陽前三日，夢亡婦澹妝素服，執手哽咽，語多不復能記。但臨別有云："銜恨願為天上月，年年猶得向郎圓。"婦素未工詩，不知何以得此也。覺後感賦長調。**

　　瞬息浮生，薄命如斯，低徊怎忘？[1] 記繡榻閒時，並吹紅雨；雕闌曲處，同倚斜陽。[2] 夢好難留，詩殘莫續，贏得更深哭一場。[3] 遺容在，只靈飆一轉，未許端詳。[4]　重尋碧落茫茫。料短髮、朝來定有霜。[5] 便人間天上，塵緣未斷；春花秋葉，觸緒還傷。[6] 欲結綢繆，翻驚搖落，減盡苟衣昨日香。[7] 真無奈，倩聲聲鄰笛，譜出迴腸。[8]

注釋

1　"瞬息"三句：虛浮無定的人生是如此地短暫，她的命運是這樣地不幸，我徘徊沉吟，怎能忘記？**瞬息**：一眨眼為"瞬"，一呼吸為"息"，形容極短的時間。陶潛《感士不遇賦序》："寓形百年而瞬息已盡。"**浮生**：老莊哲學認為生命短促，虛浮無定，後因稱人生為"浮生"。李白《春夜宴從弟桃李園序》："而浮生若夢，為歡幾何？"**低徊**：徘徊；含有依依不捨的意思。

2　"記繡榻閒時"四句：還記得當日閒來無事，我和她共坐繡榻，看窗外風起，吹過片片落花，又曾並肩憑欄，一起沐浴夕陽的餘輝。四句一作"自那番摧折，無衫不淚；幾年恩愛，有夢何妨"。**繡榻**：精美的牀榻。**紅雨**：指落花。李賀《將進酒》詩："桃花亂落如紅雨。"**雕闌**：見前《河瀆神》"涼月轉雕闌"首注。

3　"夢好"三句：今晚夢中與她相見，但好夢難留，她吟的詩句我未能續成，只贏得夜深醒來又痛哭一場。"夢好難留，詩殘莫續"，一作"最苦咽鵑，頻催別鵠"。

"更深"一作"更闌"。

4　**"遺容"三句：**夢中遺容宛然在目，但像一陣神異的風一樣不可捉摸，未能讓我仔細端詳。**飆**（biāo 標）：疾風。靈飆謂神風。**端詳：**細看。

5　**"重尋"二句：**我想重新尋到她，但青天茫茫，人在何處？料明早我頭上一定會新增白髮。**碧落：**天上。白居易《長恨歌》："上窮碧落下黃泉，兩處茫茫皆不見。"**霜：**此喻白髮。杜甫《登高》詩："艱難苦恨繁霜鬢。"

6　**"便人間天上"四句：**就便是天上人間，兩人緣份不斷，而今後傷春悲秋，一花一葉都會觸動愁緒。"便"一作"信"。"秋葉"一作"秋月"。"還"一作"堪"。**人間天上：**白居易《長恨歌》："但教心似金鈿堅，天上人間會相見。"**塵緣：**佛經稱色、聲、香、味、觸、法為六塵，以為以心攀緣六塵，遂成嗜慾。此指男女間的情緣。

7　**"欲結"三句：**本意要永遠恩恩愛愛，不想忽然像花木一樣凋殘零落，這教我神傷心碎，再無閒情如往日那般修飾自己。"搖落"一作"飄泊"。"減盡荀衣昨日香"一作"兩處鴛鴦各自涼"。**綢繆：**纏綿，殷勤。**搖落：**凋殘，零落。宋玉《九辯》："蕭瑟兮草木搖落而變衰。"**荀衣：**此用漢末荀彧（yù 育）的典故。荀彧性好修飾，相傳曾得異香，用以薰衣，至人家小坐，香氣三日不散。

8　**"真無奈"三句：**痛苦難以排遣，真是無可奈何。鄰家傳來哀怨的笛聲，就請那聲聲鄰笛把我的輾轉不解的愁思譜成樂曲吧！"倩"一作"把"。"鄰笛"一作"簷雨"。"譜出迴腸"一作"譜入愁鄉"。**倩**：請。**迴腸**：腸在腹中旋轉，此喻憂愁不解，輾轉難安。司馬遷《報任安書》："是以腸一日而九迴。"杜甫《秋日夔州詠懷寄鄭監》詩："弔影夔州僻，迴腸杜曲煎。"

菩薩蠻

　　容若與盧氏伉儷情篤，盧氏死後，容若"悼亡之
吟不少，知己之恨尤深"（葉舒崇《皇清納臘室盧氏
墓誌銘》）。這些"悼亡之吟"出自肺腑，其心愈苦，
其情愈真，是納蘭詞集中十分引人注目的部分。這首
《菩薩蠻》作於康熙十六年（1677）秋，距盧氏之死
約三個月。"無語問添衣，桐陰月已西"，因一個細節
又惹起無盡哀思，夜深人獨，淒然淚流，容若寫下當
時的感受，有恨海難填之痛。

　　晶簾一片傷心白，雲鬟香霧成遙隔。[1] 無
語問添衣，桐陰月已西。[2]　　西風鳴絡緯，
不許愁人睡。[3] 只是去年秋，如何淚欲流。[4]

注釋

1　"晶簾"二句：那水晶簾呈現一片使人傷心的白色，簾
　　底卻再也見不到她的身影，我和她已被遠遠隔開了。**晶
　　簾**：晶指水晶。此謂"水晶簾"，當是泛指精美的簾。
　　雲鬟香霧：謂女子美麗的鬢髮籠罩在霧氣之中。鬟指環
　　形的髮髻，雲謂其舒展如雲。杜甫《月夜》詩："香霧

雲鬟濕，清輝玉臂寒。"此處實以"雲鬟"代指全身。

2　**"無語"二句**：在此涼夜，聽不到她問我是否要添加衣服的語聲，看梧桐樹陰移動，月亮已經偏西。

3　**"西風"二句**：絡緯在西風中鳴叫，似乎故意不讓我這愁苦的人入睡。**絡緯**：一種善於鳴叫的昆蟲，又名莎雞、紡織娘。

4　**"只是"二句**：這只不過是同去年一樣的秋夜景象，怎麼對此就光想流淚！

　　按：去秋伊人問添衣，今秋景物雖同，而人事已非，所以不禁傷心淚下。

浣溪沙

西風、黃葉、疏窗、殘陽。秋涼人獨，作者觸景生情，又回想起當初與亡妻幸福相處時的情景，撫今追昔，不禁勾起淡淡的哀愁，真是別有一般滋味在心頭。

誰念西風獨自涼，蕭蕭黃葉閉疏窗。沉思往事立殘陽。[1]　　被酒莫驚春睡重，賭書消得潑茶香。當時只道是尋常。[2]

注釋

1　"誰念"三句：誰顧念我獨自在西風中感受著涼意呢？枯黃的樹葉在風中蕭蕭作響，窗戶都已關上了，我站在斜陽影裏，回憶往事，思緒萬千。蕭蕭：風聲。**疏窗**：刻鏤透剔的窗戶。《文選·王延壽〈魯靈光殿賦〉》："爾乃懸棟結阿，天窗綺疏。"張載注："疏，刻鏤。"**沉思往事立殘陽**：此句從五代詞人李珣《浣溪沙》"暗思何事立殘陽"句脫胎而出。

2　"**被酒**"三句：在困人的春天，她酒後沉睡，我總怕驚醒了她的好夢；而兩人賭賽誰對書中的出典記得多、記得牢，又曾領略過杯覆茶潑相對大笑的樂趣。這些，當時只以為都是平平常常的事情。**被**：加。**被酒**：為酒所加，指酒醉或酒困。**賭書消得潑茶香**：此用宋代女詞人李清照的典故。李清照在《金石錄後序》中記她當初與丈夫趙明誠"每飯罷，坐歸來堂烹茶，指堆積書史，言某事在某書某卷第幾頁第幾行，以中否角勝負，為飲茶先後。中即舉杯大笑，至茶傾覆懷中，反不得飲而起"。**消得**：這裏是消受、領略的意思。**道**：以為。**尋常**：平常。

按："被酒"句體貼入微。"賭書"句泛指有高度文化修養的夫婦之間的逸趣韻事，不必以為容若夫婦在讀《金石錄後序》後真有此效顰之舉。"當時"句痛悔當初未能充分體味夫婦日常生活中愛情的幸福，而今伊人永逝，"沉思往事立殘陽"，詞意充滿了傷感，而又十分含蓄。

蝶戀花

　　這首《蝶戀花》是容若的代表作之一，歷來受到論者和選家的重視。詞上闋因月起興，以月為喻，回憶當初夫婦間短暫而幸福的愛情生活，則曰"若似月輪終皎潔，不辭冰雪為卿熱"，真是深情人作深情語。下闋借簾間燕子，花叢雙蝶來寄託哀思，設想亡妻孤魂獨處的情景，則曰"唱罷秋墳愁未歇，春叢認取雙棲蝶"，這又是傷心人作傷心語。納蘭詞既悽婉、又清麗的風格在這裏得到了充分的體現，稱它為傳世的名篇，是當之無愧的。

　　辛苦最憐天上月，一昔如環，昔昔都成玦。[1] 若似月輪終皎潔，不辭冰雪為卿熱。[2]

　　無那塵緣容易絕，燕子依然，軟踏簾鈎說。[3] 唱罷秋墳愁未歇，春叢認取雙棲蝶。[4]

注釋

[1]　"辛苦"三句：最值得同情的是天上的月亮，它一年到頭不停地流轉，而每月只有一個晚上圓如玉環，其餘的晚上卻都像玉玦一樣缺而不全，不成圓形。"都成玦"

一作"長如玦"。昔:同"夕"。環:中有圓孔的玉璧。此以環喻滿月,只是就其圓形的外周而言,與中有圓孔無涉。玦(jué 決):有缺口的玉環。

按:三句意在感嘆人生之事缺憾居多而圓滿居少,良辰美景、賞心樂事十分難得,偏又最易消逝。作者在此言月憐常缺,與在《金縷曲‧簡梁汾時方為吳漢槎作歸計》詞中說"香憐易爇、玉憐輕碎",出自同樣的心理。

2 "若似"二句:如果你永遠像一輪滿月那般用潔白的光華陪伴著我,我也不辭使自己早已化為冰雪的心為了你而重新迸發熱情。"若"一作"但"。皎(jiǎo 狡)潔:潔白光明。

按:容若作此詞時,盧氏夫人已離開人間。容若對月思人,把一輪明月比擬為亡妻,而與之作精神上的溝通。"若似"是假設之辭,因為天上月是"一昔如環,昔昔都成玦",不可能"月輪終皎潔",所以他的"不辭冰雪為卿熱"不過是一時的願望。到頭來人死不能復生,他心中的冰雪依然不能解凍。

3 "無那"三句:無奈人世的俗緣最容易斷絕,而今室在人亡,也沒有相聚的可能,只有那燕子依然飛來,輕輕地踏著簾鈎呢喃絮語。"無那塵緣"一作"無奈鍾情"。無那(nuó 挪):無奈,沒奈何。"那"為"奈何"的合音。塵緣:見《沁園春》"瞬息浮生"首注。軟踏:燕子本自身輕,簾鈎亦原不固定,故云。李賀《賈公閭貴婿曲》:"燕語踏簾鈎,日虹屏中碧。"

按:"燕子依然"二句與辛棄疾《生查子》詞所云"今

年燕子來，誰聽呢喃語？不見捲簾人，一陣黃昏雨”意境相似。

4　　**“唱罷”二句**：想她的幽魂或許在墳頭吟唱我的悼亡之作，那哀愁真是無邊無垠。還是到春天的花叢之中去認取那共飛雙棲的蝴蝶吧，那可是我們二人的化身啊！**唱罷秋墳**：李賀《秋來》詩：“秋墳鬼唱鮑家詩，恨血千年土中碧。”鮑家詩出典今已難確考，此謂“唱罷秋墳”恐怕是指唱作者自己所寫的悼亡詩詞。**春叢**：春天的花叢。

按：下闋一方面寫生者見燕子依然而悲嘆伊人永逝，另一方面又設想死者癡心尚存，猶羨飛蝶雙棲。所謂塵緣易絕，當理解為情根未斷。

瀟湘雨 送西溟歸慈谿

容若以任俠憐才聞名當時，性喜結交漢人名士，姜宸英是其最稱莫逆的契友之一。姜字西溟，浙江慈谿人，善詩文、工書法，與朱彝尊、嚴繩孫並稱"江南三布衣"，聲望甚高。但他性情孤傲，又累舉不第，居京師時"舉頭觸諱，動足遭跌"，很不得意（晚年以七十高齡始中一甲第三名進士）。容若欣然延納，於康熙十二年（1673）與之訂交，二人年齡相差很大（是年容若十九歲，西溟已四十六歲），然而意氣相投，過從甚密。據容若死後西溟所作祭文，知戊午之年（康熙十七年〔1678〕）西溟曾南還故里，這一首《瀟湘雨》即作於分袂送別之時。詞上半寫依依惜別的心情，換頭後則感嘆西溟的落魄不遇，並加慰勉。全詞拳拳之意，溢於言表，從中可見容若之重於交誼。

長安一夜雨，便添了、幾分秋色。奈此際蕭條，無端又聽，渭城風笛。[1] 咫尺層城留不住，久相忘、到此偏相憶。[2] 依依白露丹楓，漸行漸遠，天涯南北。[3] 悽寂。黔婁當日事，總名士如何消得？只皂帽蹇驢，西風殘照，倦遊蹤跡。[4] 廿載江南猶落拓，嘆一人、知己終難覓。[5] 君須愛酒能詩，鑑湖無恙，一蓑一笠。[6]

注釋

1　　"長安"五句：下了一夜的雨，北京城裏又增添了幾分秋色。無奈在此萬物凋零冷落的時節，又要與好友分別。**長安**：漢唐古都名長安（今陝西省西安市），後人每用以代稱當代的都城，這裏是指北京。**蕭條**：蕭索冷落的樣子。**無端**：見前《金縷曲‧簡梁汾，時方為吳漢槎作歸計》注。**渭城風笛**：渭城，地名，在長安西北渭水北岸。風笛，隨風飄來的笛聲。王維《送元二使安西》詩："渭城朝雨浥輕塵，客舍青青柳色新。勸君更進一杯酒，西出陽關無故人。"又鄭谷《淮上與友人別》詩："揚子江頭楊柳春，楊花愁殺渡江人。數聲風笛離亭晚，君向瀟湘我向秦。"渭城風笛即糅合二詩，用作為友人送行的典故。

2　　"咫尺"二句：眼前這座宏偉的都城已留不住你了，你我久已形跡相忘，不想從此偏偏又要互相思念了。**咫尺**：見前《青衫濕遍‧悼亡》注。**層城**：神話傳說中崑崙山最高處天帝所居的天庭。後用以比喻高大的城闕，又專指京城。《世說新語‧言語》："遙望層城，丹樓如霞。"**相忘**：這裏是形跡相忘的意思，指雙方相契極深，彼此不拘儀容禮貌。

3　**"依依"二句**：隱隱約約地，你將在白露和紅楓之中漸行漸遠，今後南北分隔，各處天之一涯。**依依**：隱約可辨。陶潛《歸園田居》詩："曖曖遠人村，依依墟里煙。"

4　**"悽寂"六句**：真是淒涼寂寞，黔婁當日窮愁潦倒的情景，縱然是名士，也怎麼禁受得了？只落得戴黑帽，騎跛驢，在西風聲中、夕陽影裏，留下為求名謀生而飄泊奔走的蹤跡。**黔婁**：戰國時齊國的隱士，有賢名而極其貧困。此用以喻姜西溟。**總**：這裏是縱然的意思。**消**：消受，禁受。**皁**：黑色。**蹇（jiǎn 簡）**：跛足。《楚辭·七諫·謬諫》："駕蹇驢而無策兮。"**倦遊**：這裏是指生活奔走無著，飄泊潦倒。《北史·毛鴻賓傳》："羈寓倦遊之輩，四座常滿，鴻賓資給衣食，與己悉同。"

5　**"廿載"二句**：名揚江南二十年，仍然失意不遇，可嘆那時連一位知心朋友都找不到！**落拓**：同"落魄"，"落泊"，窮困失意。

6　**"君須"三句**：你歸家後要想開一些，不妨飲酒作詩，鑑湖依舊，盡可披著蓑衣，戴著斗笠，在那裏垂釣遊吟。**鑑湖**：在今浙江省紹興市西南，姜西溟的家鄉慈谿與之相近。**無恙**：這裏是景況如舊，沒有變故的意思。**一蓑一笠**：蓑、笠都是雨具。張志和《漁歌子》詞："青箬笠，綠蓑衣，斜風細雨不須歸。"陸游亦有《北渚》詩云："一蓑一笠生涯在，且醉蒼苔舊釣磯。"都是指隱者生涯。

按：容若別有《金縷曲·慰西溟》詞云："且乘閒，五湖料理，扁舟一葉。" 語意與此相似，也是說求宦不成，不妨逍遙歸隱，用以安慰西溟。

風流子 秋郊即事

在秋郊射獵的時候，忽憶春日遊冶的情景，兩相對照，不勝蕭索之感，因嘆人生易老，當及時行樂。這表達了一種消極頹唐的人生觀。但作者並非醉生夢死之徒，他不怎麼看重功名，卻有短衣射虎、倚馬揮毫的豪情。看來多愁善感只是容若性格的一個方面，從另一方面看，他還是頗為豁達的，不時也想有所作為。

詞題一作"秋郊射獵"。況周頤評此詞曰："意境雖不甚深，風骨漸能騫舉，視短調為有進。更進，庶幾沉著矣。"（見《蕙風詞話》卷五）

平原草枯矣，重陽後、黃葉樹騷騷。[1] 記玉勒青絲，落花時節，曾逢拾翠，忽聽吹簫。[2] 今來是、燒痕殘碧盡，霜影亂紅凋。[3] 秋水映空，寒煙如織，皂雕飛處，天慘雲高。[4] 　人生須行樂，君知否？容易兩鬢蕭蕭。[5] 自與東君作別，剗地無聊。[6] 算功名何許？此身博得，短衣射虎，沽酒西郊。[7] 便向夕陽影裏，倚馬揮毫。[8]

注釋

1　**"平原"二句**：重陽以後，平整廣闊的原野上草已枯萎，樹上的黃葉在風中作響。**重陽**：夏曆九月九日為重陽節。**騷騷**：風聲。張衡《思玄賦》："寒風淒其永至兮，拂霄岫之騷騷。"

2　**"記玉勒青絲"四句**：回想起在落花時節，我騎馬來此踏青，曾經遇見嬉遊的少女，當時忽然回憶起吹簫引鳳的故事，頗生遐想。"忽憶"一作"忽聽"。**玉勒青絲**：玉製的馬銜和青絲編成的馬韁，都是華貴的馬具。**拾翠**：原指拾取翠鳥的羽毛。曹植《洛神賦》："或采明珠，或拾翠羽。"後人每用以指婦女遊春嬉戲的景象。杜甫《秋興》詩之八："佳人拾翠春相問。"**吹簫**：此用蕭史的典故。傳說春秋時，有蕭史善吹簫，秦穆公之女弄玉好之，秦穆公就把弄玉嫁於蕭史。後蕭史用簫聲招來鳳凰，兩人乘之仙去。

3　**"今來是"二句**：今天重來，已是遍地燒痕，殘存的青青草色一點也看不到了，只見滿眼秋霜，紅葉凋零飄落。**燒痕**：古時秋後放火燒野草以肥田，燒痕指火燒野草後留在地上的痕跡。

4　**"秋水"四句**：秋水倒影映碧空，帶著寒意的霧靄一片濃密。天色慘澹，黑色的大雕飛入高高的雲霄。**寒煙**：指秋天的霧靄。范仲淹《蘇幕遮》詞："秋色連波，波上寒煙翠。"**如織**：形容非常濃密。李白《菩薩蠻》詞："平林漠漠煙如織。"**皂**：黑色。《埤雅》："雕似鷹而大，黑色，俗呼為皂雕，一名鷻（tuán 團），其飛上薄雲漢。"

5　"人生" 三句：人生要及時行樂，你知道嗎？兩鬢轉眼就會稀疏花白。**蕭蕭**：這裏指頭髮脫落斑白的樣子。蘇軾《次韻韶守狄大夫見贈二首》："華髮蕭蕭老遂良，一身萍掛海中央。"

6　"自與" 二句：自從春天過後，平白無故地總覺得十分無聊。"東君" 一作 "東風"。**東君**：司春之神。**剗**（chàn 懺）**地**：無端，沒來由。本是宋元時俗語。

7　"算功名何許" 四句：算起來功名又值得了什麼呢？不如今天平平常常地就能贏得短衣騎裝行獵西郊買酒痛飲的快樂。"何許" 一作 "何似"。"此身" 一作 "等閒"。**何許**：這裏是如何、怎樣的意思。"功名何許" 實際上是説功名算不了什麼。**短衣射虎**：杜甫《曲江三章章五句》之三："短衣匹馬隨李廣，看射猛虎終殘年。" 這裏射虎泛指射獵，不必真是獵虎。**沽酒**：賣酒或買酒都可以叫做 "沽酒"，這裏是買酒的意思。

8　"便向" 二句：獵後就在那夕陽影裏，靠著馬揮筆寫詩。**倚馬揮毫**：接《世説新語·文學》，東晉時桓溫北征，幕僚袁虎有罪免官。後桓溫要發佈文告，"喚袁倚馬前令作，手不輟筆，俄得七紙，殊可觀"，後人因以 "倚馬" 比喻文思敏捷。

按：容若素有捷才，死後董訥所作誄詞稱其 "臨池潑墨，對客揮毫，頃刻數紙"。

木蘭花 擬古決絕詞柬友

決絕意謂決裂，指男女情變，斷絕關係。唐元稹曾用樂府歌行體，摹擬女子的口吻，作《古決絕詞》。容若此作題為"擬古決絕詞柬友"，也以女子的聲口出之。其意是用男女間的愛情為喻，說明交友之道也應該始終如一，生死不渝。

人生若只如初見，何事秋風悲畫扇？等閒變卻故人心，卻道故人心易變！[1]　驪山語罷清宵半，淚雨零鈴終不怨。何如薄倖錦衣郎，比翼連枝當日願。[2]

注釋

1　"人生"四句：人生男女相處如果永遠只是像初戀時那樣，又怎麼會有那種被遺棄的悲哀呢？輕意地改變了當初對待故人的情意，卻反而説故人的心容易改變！**秋風悲畫扇**：典出漢班婕妤《怨歌行》："新裂齊紈素，鮮潔如霜雪。裁為合歡扇，團團似明月。出入君懷袖，動搖微風發。常恐秋節至，涼飆奪炎熱。棄捐篋笥中，恩情中道絕。"秋風一起扇即棄置不用，以喻婦女因年長色衰而被遺棄。**等閒**：這裏是輕易、隨隨便便的意思。**故人**：此指前妻、舊情人。古樂府《上山采蘼蕪》："新人從門入，故人從閣去。"以故人與新人對舉，故人即謂前妻。

2　"**驪山**"四句：從前唐玄宗與楊貴妃在驪山離宮夜半私語，訂下了海誓山盟。貴妃死後，玄宗聽到雨中的鈴聲傷心不已，淚如雨下，對當初的戀情始終沒有怨悔之意。那薄情負心的錦衣郎同唐玄宗比起來又怎麼樣呢？想當日，他也曾對我立下過"在天願為比翼鳥，在地願為連理枝"的誓願啊！**驪山**：在今陝西臨潼區境內，唐時上有離宮。傳說天寶十年（751）七夕之夜，唐玄宗與楊貴妃在驪山離宮的長生殿前密誓，願世世為夫婦。白居易《長恨歌》："七月七日長生殿，夜半無人私語時。在天願作比翼鳥，在地願為連理枝。"**淚雨零鈴**：據《明皇雜錄》，唐玄宗在奔蜀避難的途中，霖雨不斷，"於棧道雨中聞鈴音"，"既悼念貴妃，采其聲為《雨霖鈴》曲以寄恨"。白居易《長恨歌》："行宮見月傷心色，夜雨聞鈴腸斷聲。"**零**：雨滴落下。**何如**：何似，比起來怎麼樣。**薄倖**：薄情。**錦衣郎**：衣飾華美的少年。"何如薄倖錦衣郎"，依情理而言，此句的意思當是拿"薄倖錦衣郎"去同唐玄宗相比。**比翼**：鳥雌雄相比而飛。**連枝**：兩棵樹的枝幹連成一體。比翼鳥、連理枝都象徵忠貞不二的愛情。

生查子

　　愁人失眠，最難禁中宵聽雨。這位女子卻寧願長夜不寐，在點點滴滴的雨聲中輾轉反側，回憶別時況味，以此自苦並自慰。作者用這種倒提之筆，把離情之苦、相思之深表現得更為生動真切，其手法值得借鑑。

　　惆悵彩雲飛，碧落知何許？不見合歡花，空倚相思樹。[1]　　總是別時情，那得分明語。判得最長宵，數盡厭厭雨。[2]

注釋

1　"惆悵"四句：使人懊惱的是彩雲飛渡，不知它飄向青天何方。眼前看不到合歡花，只好空倚著相思樹癡想。
　　惆悵（chóu chàng 愁暢）：因失意、失望而煩惱感傷。
　　碧落：碧空、天空。**何許**：何處，什麼地方。**合歡花**：花名，即馬纓花。此取其 "合歡" 之名，喻男女歡聚。
　　相思樹：一種常綠喬木。此亦僅取其 "相思" 之名，以喻男女間的情思，不是説真有其樹可倚。
　　按：見彩雲飛而生惆悵之情，當因聯想起那人遠去，不知行到何地。

2 　"總是"四句：日夜縈繞在心頭的，是離別時的那種不可名狀的悲苦之情，可是這種感情，哪裏能夠明明白白地説出來呢？我挨著在最長的夜徹夜不眠，數着斷斷續續的雨聲，回憶那時的種種情景。**判**：同"拚"。**厭厭**：微弱，有氣無力的樣子。《漢書・李尋傳》："列星皆失色，厭厭如滅。"這裏是稀稀落落、若斷若續的意思。

好事近

　　明亡未久，明陵荒涼殘破，景象已大非往昔，而且陵區任由滿族官兵在那裏馳射行獵。遺民見此，自當痛哭流涕。但容若出身於滿族簪纓之家，在新朝官居禁近，何以也會對之大灑悲秋之淚？我們應該這樣去理解：王朝的倏興倏亡，世事的忽盛忽衰，使感情豐富、感覺靈敏而又深受佛、道二家學說影響的他，聯想起萬物榮枯無定，人生好景不常，一切如夢如幻，因而無限悵惘，獨愴然而涕下。

　　馬首望青山，零落繁華如此！[1] 再向斷煙衰草，認蘚碑題字。[2]　　休尋折戟話當年，只灑悲秋淚。[3]斜日十三陵下，過新豐獵騎。[4]

注釋

1　　**"馬首"** 二句：我騎著馬，眼望馬頭前的青山，昔日的繁華如今竟零落到這等地步！

2　　**"再向"** 二句：我又去荒草叢中，辨認長滿苔蘚的石碑上的字跡。**斷煙衰草**：形容十分荒涼。

3　　**"休尋"** 二句：不要尋覓那前朝遺物，再提起當年的事情，我面對這蕭條冷落的景象，只是傷心流淚。**折戟**：斷戟。杜牧《赤壁》詩："折戟沉沙鐵未銷，自將磨洗認前朝。"**悲秋**：對蕭瑟的秋景而起傷感之情。語出宋玉《楚辭·九辯》："悲哉秋之為氣也。"

4　**"斜日"二句**：夕陽掛在天邊，行獵的騎隊正從這明朝的十三陵下馳過。**新豐**：地名，漢高祖定都長安，因他父親懷念故里，就命人在長安東邊秦驪邑地依照故鄉豐地街里的格式築邑，並把豐地的百姓遷來居住，這座新邑即稱"新豐"。此謂"新豐獵騎"當是指八旗官兵或滿州貴族子弟的行獵騎隊。清初滿族統治者曾在北京附近大規模圈地以設置皇莊、王莊、八旗官兵莊田，並安置從關外遷來的滿人。這裏即用"新豐"暗指京郊被八旗官兵及遷來的滿人所佔據的地方。

鷓鴣天

下闋寫因節序變換，人事升降、繁華易逝、好景不常而引起的惆悵之情，這是全詞主旨所在；而上闋的景物描寫點染頗佳，為作品生色不少。

獨背殘陽上小樓，誰家玉笛韻偏幽？[1] 一行白雁遙天暮，幾點黃花滿地秋。[2] 驚節序，嘆沉浮。穠華如夢水東流。[3] 人間所事堪惆悵？莫向橫塘問舊遊。[4]

注釋

1　"獨背"二句：獨自背著斜陽登上小樓，從誰家傳來的笛聲，音調是那樣地悠揚？玉笛：笛的美稱。此指笛聲。偏：甚、頗。幽：悠揚動聽。

2　"一行"二句：遙遠的天邊，暮色中正飛過一行白雁，幾叢菊花使人感到滿地都是秋色。白雁：龐元英《文昌雜錄》："北方有白雁，似雁而小，色白，秋深則來……至則霜降。"

3　"驚節序"三句：為節令時序變化之快而驚心，為人事世情升降之速而感嘆，昔日的繁華如夢境一般消逝了，又像流水一樣東去不回。**節序**：節令變化的順序。**沉浮**：此指人事世態以及個人遭遇的變化。**穠華**：繁茂的花朵。這裏泛指繁華景象。

4　**"人間"二句**：人間什麼事情值得這樣煩惱傷感呢？當時的美好景色已不復存在，不要再到池畔去尋問舊遊之地了。**橫塘**：南京及蘇州郊外都有地名叫橫塘，但此句化用溫庭筠《池塘七夕》詩"一夕橫塘似舊遊"句，所謂"橫塘"，當同溫詩一樣是泛指池塘。

滿宮花

此詞寫女子因久久得不到戀人音訊而產生的疑慮痛苦之情，層層遞進，細緻感人。詞末借用南朝吳聲歌曲諧聲雙關的表現手法，更增添了宛曲纏綿的情致。

盼天涯，芳訊絕，莫是故情全歇？[1] 朦朧寒月影微黃，情更薄於寒月。[2] 麝煙銷，蘭爐滅，多少怨眉愁睫！[3] 芙蓉蓮子待分明，莫向暗中磨折。[4]

注釋

1　"盼天涯"三句：盼啊盼，總盼不到他從遠方寄來的書信，莫不是他把舊時的感情都拋開了？芳訊：書簡的美稱。《山堂肆考》："芳訊、蘭訊……皆書簡名。" 歇：停歇。這裏是丟開、拋棄的意思。

2　"朦朧"二句：月色微黃，朦朦朧朧，透著寒氣，他的感情可比這寒月還要薄。朦朧（méng lóng 蒙龍）：月色模糊不明的樣子。

3　"麝煙"三句：爐內的香燃完了，濃郁的香氣漸漸飄散，餘燼也已熄滅。夜不能寐，眉眼之間包涵著多少怨與愁！**麝**（shè 射）：一種似鹿而小的動物，雄性腹部有香腺，其分泌物稱「麝香」，是極名貴的藥物和香料。**蘭燼**：蘭有幽香，所以這裏又把香燃燒後生成的灰燼美稱為「蘭燼」。

4　**「芙蓉」二句**：你到底愛我不愛，應該明明白白地讓我知道，不要再這樣暗中折磨人。**芙蓉蓮子待分明**：古《子夜歌》：「霧露隱芙蓉，見蓮不分明。」芙蓉即荷花、亦即蓮花。芙蓉隱在霧露之中，也就是不能清楚地「見蓮」，而「蓮」與「憐愛」的「憐」同音，「見」字除看見的意義外，又可解釋為「被」。所謂「見蓮不分明」實際上是說不能明白知道自己是否被他所憐愛。**分明**：清清楚楚，明明白白。

按：諧聲雙關的方法，習見於南朝吳聲歌曲，此類民歌往往是女子創作的，這裏借用其意，於口吻、於心理都十分貼切。

清平樂

　　這闋《清平樂》寫秋暮懷人之情，把秋風秋雨、涼雲暮葉下的秋思同離愁糅合在一起，清雋有味，有不盡之致。

　　將愁不去，秋色行難住。[1] 六曲屏山深院宇，日日風風雨雨。[2]　　雨晴籬菊初香，人言此日重陽。[3] 回首涼雲暮葉，黃昏無限思量。[4]

注釋

1　　**"將愁"二句**：秋色快要離去，難以挽留，它卻不把我心中的愁一起帶走。**將**：攜帶。

　　按：此二句乃點化辛棄疾《祝英臺近·晚春》詞 "是他春帶愁來，春歸何處？卻不解、帶將愁去" 而來。辛詞 "帶將愁去"，"將" 是語氣詞，而此處 "將愁不去"，"將" 則用作動詞。

2　　**"六曲"二句**：在庭院深處的屋宇下，曲折高聳的屏風旁，天天對著風風雨雨。**屏山**：見前《一絡索·長城》注。六曲言其曲折之多。

3　　**"雨晴"二句**：雨過天晴，籬下菊花初放清香，聽人說道今天是重陽節。**籬菊**：陶潛《飲酒》詩之一有句云

"採菊東籬下"，後人因有"籬菊"之稱。**重陽**：節令名，為夏曆九月九日。曹丕《九日與鍾繇書》："歲月往來，忽復九月九日，九為陽數，而日月並應，故曰重陽。"

4　　"回首"二句：回頭遙望，只見陰涼的雲朵和衰颯的樹葉。黃昏時分，對那個正在遠方的人，我心中有無限思量。**暮葉**：暮色中凋殘的樹葉。

浣溪沙

　　杏花又開，而去年曾上樹摘花的那個可愛的戀人已不可見了。作者對花傷情，不覺惘然若失。

　　伏雨朝寒愁不勝，那能還傍杏花行！去年高摘鬭輕盈。[1]　　漫惹爐煙雙袖紫，空將酒暈一衫青。人間何處問多情！[2]

注釋

1　**"伏雨"三句**：清晨，天氣陰沉寒冷，欲雨不雨，我本已滿懷愁緒，哪裏經得住走到杏花邊上，又觸景生情！記得去年此時，她像是要與人比賽誰的體態輕盈似的，曾經爬上樹去摘取高枝上的花。**伏雨**：沉伏滯鬱，欲下不下的雨。**去年高摘鬭輕盈**：作者另有一首字句與此闋略同的《浣溪沙》，於此句作"摘花高處鬭輕盈"，可知高摘是摘取高枝之花的意思。**輕盈**：形容女子體態苗條，動作輕巧。

2　**"漫惹"三句**：兩隻紫袖聊且就沾染藥氣，一件青衫也隨它帶著酒痕。人世間，我到何處去尋問她的消息啊！**漫**：漫不經心，聊且。**惹**：沾染上。**爐煙**：此指藥爐上升起的煙，也就是藥氣。**將**：帶著。**酒暈**：指掉落在衣衫上的洒點化開後留下的痕跡。

按：“漫惹”、“空將”二句寫因相思而百無聊賴的那種
情緒。

金縷曲 亡婦忌日有感

這又是一闋悼亡之作。作者在盧氏夫人逝世三週年的忌日，追念亡妻，不禁悲從中來，轉側難眠。因想打破人世冥間的界限，通問近來消息；又想跨越今生來世的鴻溝，結個他生知己。詞意悲切，而不加修飾，只如家常相對，傾訴衷腸。其一往情深、哀不自勝之處，感人至深。

此恨何時已？滴空階、寒更雨歇，葬花天氣。[1] 三載悠悠魂夢杳，是夢早應醒矣！[2] 料也覺、人間無味。不及夜臺塵土隔，冷清清、一片埋愁地。[3] 釵鈿約，竟拋棄！[4]　重泉若有雙魚寄，好知他、年來苦樂，與誰相倚。[5] 我自終宵成轉側，忍聽湘絃重理？[6] 待結個、他生知己。還怕兩人都薄命，再緣慳、賸月零風裏。[7] 清淚盡，紙灰起。[8]

注釋

1　**此恨**三句：這種生死永別之恨什麼時候才能了結？

更深夜寒，窗外雨點滴在空階上的聲音剛剛停歇，正是適宜掩埋落花的天氣。

按：三句情景交融。本來就心有所恨，何況淒寂的環境又添人悵惘，觸人愁緒。

2 **"三載"二句**：三年久別，魂魄遠逝，杳無信息，如果說人死了，形存神離等於入夢，是夢，那早就應該醒了。**悠悠**：久遠貌。**杳**：沉寂。白居易《長恨歌》："悠悠生死別經年，魂魄不曾來入夢。"

3 **"料也"三句**：想必你也見得活在世上沒有什麼意味，反不如置身墳墓之中，由塵土把自己同人世隔開，冷冷清清地將滿懷愁苦埋葬在地下。**夜臺**：墓穴。《文選‧陸機〈輓歌〉》："送子長夜臺。"李周翰注："墳墓一閉無復見明，故云長夜臺，後人稱夜臺本此。"

按：盧氏雖然身為貴族之家的家婦，又與容若感情甚篤，但生前處於封建大家庭之中，必多不如意事，並因之而鬱鬱寡歡。"料也覺、人間無味"云云，約略透露了其中消息。

4 **"釵鈿"二句**：當初定情的密約，竟然也拋棄不顧了！**釵**：金釵。**鈿**：鈿盒，即鑲嵌金花的盒子。陳鴻《長恨歌傳》言唐玄宗得楊玉環，定情之夕"授金釵鈿盒以固之"。又白居易《長恨歌》："唯將舊物表深情，鈿合金釵寄將去。"後人因以釵鈿指稱定情的信物。

5 **"重泉"三句**：黃泉下如能有書信寄來，我也好知道她離我去後近年來還能與誰同甘共苦，相依為命。**重泉**：黃泉，地下。舊以為人死所歸之處。**雙魚**：書信。秦漢時人往往把書信寫在一尺寬的素絹上，再把素絹夾在兩塊鯉魚形的木板中間；然後封固投寄。"雙鯉"、"雙魚"因被用作書信的代稱。漢樂府《飲馬長城窟行》："客從遠方來，遺我雙鯉魚。呼兒烹鯉魚，中有尺素書。"

6 **"我自"二句**：我自整夜地翻來覆去難以成眠，怎忍心續絃再娶，另結新歡呢？**轉側**：輾轉反側，指在牀上不時地翻身。**湘絃**：傳說湘水女神善於彈琴鼓瑟，故稱琴瑟之絃為"湘絃"。又古以琴瑟喻夫婦，喪妻稱"斷絃"，再娶稱"續絃"。"忍聽湘絃重理"即謂不忍重理斷絃，也就是説不想續絃。

7 **"待結"三句**：等著到來生再成知己，重新結為夫婦，又只怕兩人都是天生薄命，緣份不足，仍然得不到圓滿的結局。**慳**（qiān 千）：缺少，不圓滿。**賸月零風**：指殘缺零落的景況。賸，同"剩"。

8 **"清淚"二句**：我滴盡了傷心淚，這時一陣風來，吹起了紙灰。**紙灰**：紙錢的灰。舊時習俗祭奠之時要在死者的靈前焚燒紙錢。

鵲橋仙七夕

　　容若集中共有兩首七夕詞。《臺城路·塞外七夕》聯繫行客不歸、閨人愁絕，刻劃的是生離的痛苦。這一首《鵲橋仙》則專就喪妻之痛立意，訴說的是死別的悲哀。全詞寫的雖然是對亡妻的懷念，但始終緊緊扣住"七夕"這個題目，用典嫻熟自如，能切合抒情的需要，體現了較高的藝術技巧。

　　乞巧樓空，影娥池冷，佳節祇供愁嘆。[1]丁寧休曝舊羅衣，憶素手為余縫綻。[2]　　蓮粉飄紅，菱絲翳碧，仰見明星空爛。[3]親持鈿合夢中來，信天上人間非幻。[4]

注釋

1　"乞巧"三句：人逝樓空，在這個七夕再也看不到她穿針乞巧了，冷溶溶的池水也再照不見她的倩影，佳節，只能使我發出聲聲的愁嘆。"佳節祇供愁嘆"一作"説著淒涼無算"。**乞巧樓**：舊時習俗婦女每於七夕對著織女星穿針以乞求巧智，謂之"乞巧"。參見《臺城路·塞外七夕》注。又據《東京夢華錄》，唐時七夕，長安仕女多結綵樓於庭，稱為"乞巧樓"。**影娥池**：《漢武洞冥記》言漢武帝"於望鵠臺西，起俯月臺，臺下穿池廣千尺。登臺以眺月，影入池中，使仙人乘舟弄月影，因名影娥池"。

2　"丁寧"二句：還記得往年七月初七這一天，她再三囑咐我不要忙著去曝曬舊衣服，而親手為我縫補整理。**丁寧**：見前《金縷曲·簡梁汾時方為吳漢槎作歸計》注。**曝**（pú）：曬。古時又有七月初七曝曬衣物的習俗。《四民月令》："七月七日，曝經書及衣裳，不蠹。"**素手**：女子之手，素言其瑩白。

3　"蓮粉"三句：蓮荷粉紅色的花瓣飄落了，菱芰碧綠的莖葉上也沾上了白色的細絲。抬頭只見夜空中明星燦爛。"菱絲翳碧"一作"菱花掩碧"。"仰見明星空爛"一作"瘦了當初一半"。**蓮粉飄紅**：此用杜甫《秋興》詩之七"露冷蓮房墜粉紅"意。**菱絲**：菱荷等水生植物莖葉上至夏末每有白色絲狀物，故云。**翳**（yì 意）：障蔽。

按：三句寫夏末秋初景色，"仰見明星空爛"，也暗指見牽牛織女雙星相聚而有所涉想。

4　"親持"二句：在夢中她親手捧著當初定情的信物與我重逢，"但教心似金鈿堅，天上人間會相見"的話可真是不假啊！"親持鈿合夢中來"一作"今生鈿合表予心"。"信"一作"祝"。**鈿合**：參見前《金縷曲·亡婦忌日有感》注。

按：此二句用白居易《長恨歌》"惟將舊物表深情，鈿

097

合金釵寄將去"及"但教心似金鈿堅，天上人間會相見"
詩意，也暗切唐玄宗與楊貴妃七夕密誓願世世為夫婦
之典。

南鄉子 為亡婦題照

容若喪偶之後，一直難遣悲懷。在亡妻遺像上題
詞，猶如當面呼喚，相看淚眼，這時以筆代言，寫下
來自是字字牽情，語語酸心。

淚咽更無聲，止向從前悔薄情。[1] 憑仗丹
青重省識，盈盈，一片傷心畫不成。[2]　　別
語忒分明，午夜鶼鶼夢早醒。[3] 卿自早醒儂自
夢，更更，泣盡風前夜雨鈴。[4]

注釋

1　**"淚咽"二句**：我流淚、哽咽，哭不出聲來，只是悔恨
　　當初待你還不夠好，欠下你許多情份。**咽**（yè 業）：嗚
　　咽，哽咽，因極度悲傷而說不出話來。

2　**"憑仗"三句**：我依據圖畫來重新辨認你的容顏，你的
　　風致是這樣美好，可是內中的傷心卻是誰也畫不出來
　　的！**憑仗**：依靠，依賴。**丹青**：丹、青二色是繪畫的主
　　要顏料，因用以代指圖畫。**省**（xǐng 醒）**識**：察看、辨
　　認。杜甫《詠懷古跡》之三："畫圖省識春風面。"**盈
　　盈**：見《浣溪紗》（記綰長條欲別難）闋注。**一片傷心**

畫不成：此用高蟾《金陵晚望》詩"世間無限丹青手，一片傷心畫不成"成句。

3 **"別語"二句**：訣別的話還在我耳畔迴響，真是太清楚了！在那個半夜，比翼雙飛、一輩子共宿共棲的夢早早地破滅了。**忒**（tè 特）：太，過甚。**午夜**：半夜。**鶼鶼**：傳說中的比翼鳥。《爾雅・釋地》："南方有比翼鳥焉，不比不飛，其名謂之鶼鶼。"後多用以喻夫婦恩愛。

4 **"卿自早醒"三句**：你的夢自己做完，而我仍自在夢境之中，晚上一更又一更，就聽著風中的雨聲鈴聲如泣如訴！**卿**：古時君對臣，上對下的一種愛稱，也用作夫婦間、愛人間的互稱，但一般情況下是男稱女。**夜雨鈴**：參見《木蘭花・擬古決絕詞柬友》注。

按：容若有人生如夢，歡情如夢的消極思想，所以在這裏把人死當作夢醒，而把自己仍活在人世並且難忘舊情看作處於夢中。

荷葉杯

上闋寫舊日情事，活潑生動，風致嫣然。下闋道今日相思，托意夢境，也清婉可觀。

簾卷落花如雪，煙月。[1] 誰在小紅亭？玉釵敲竹乍聞聲，風影略分明。[2] 　化作彩雲飛去，何處？[3] 不隔枕函邊。一聲將息曉寒天，腸斷又經年。[4]

注釋

1　**"簾卷"二句**：捲起簾來，只見落花紛飛如同雪花飄舞，雲煙之中，月色朦朧。**煙月**：雲氣遮掩的明月。

2　**"誰在"三句**：是誰在紅色的小亭中？忽然聽到玉釵敲竹的聲音，我約略認出了她在風中的身影。**乍**：忽然，突然。
　　按：玉釵敲竹，當是伊人在傳遞信號，招呼作者。

3　**"化作"二句**：她已是化作一片彩雲，不知飛向何處了。**化作彩雲飛去**：李白《宮中行樂詞》："只愁歌舞散，化作彩雲飛。"李詩以彩雲喻美人，此則用以指離去的戀人。

4　**"不隔"三句**：她雖已離去，但總在我夢中出現，似乎一直在我枕邊一樣。今天夢中又相遇，臨別時剛說得一聲保重，一覺醒來，正是曉寒天氣。同她分離後，一年多的時間過去了，想起來真教人傷心腸斷。**枕函**・中空可以貯物的匣狀枕頭。**將息**：休息，保養。

清平樂 彈琴峽題壁

　　彈琴峽在今北京市昌平區西北境，處居庸關內。容若扈從至此，在蒼勁的秋風之中，極目關塞，忽起興亡之感，遂寫下了這一首氣韻蒼涼的《清平樂》，並用以題壁。

　　泠泠徹夜，誰是知音者？[1] 如夢前朝何處也？一曲邊愁難寫。[2]　　極天關塞雲中，人隨雁落西風。[3] 喚取紅巾翠袖，莫教淚灑英雄。[4]

注釋

1　"泠泠"二句：彈琴峽整夜發出清脆的琴聲，誰是你的知音之人呢？泠（líng 零）泠：清脆的響聲，多指琴音。陸機《文賦》："音泠泠而盈耳。"劉長卿《聽彈琴》詩："泠泠七絃上。"此指峽中水流聲，據嘉慶《一統志》，彈琴峽即因"水流石罅（xià 下），聲若彈琴"而得名。徹夜：通宵，整夜。知音：原指精通音律者。《呂氏春秋》和《列子》都記春秋時伯牙善鼓琴，而鍾子期能從他的琴聲中聽出意旨所在，子期死，伯牙因世無知音而破琴絕絃。故後又以"知音"稱知己之人。

2　"如夢"二句：前朝如同夢境一樣，不知消失到何處去了。彈琴峽彈出的這一曲邊愁，難以描寫形容。**前朝：** 指明朝。**邊愁：** 戍邊或行邊之人，因處境危險、生活艱苦、思念家人而產生的一種感情。

按：居庸關在明代是邊防要地，且是西北方向捍衛北京的最後一道重要關隘，有重兵據守。崇禎十七年（1644）二月，李自成領導的大順農民軍至關，守軍不戰而降，打開了通向北京的大門，農民軍乘勝直入，隨即攻入北京，推翻了明王朝。此云"如夢前朝何處也"，當是由此興嘆。

3　"極天"二句：高聳入天的關塞掩映在雲霧之中，在西風凜冽之時，人隨飛雁落腳此地，小作停留。**極天：** 高入天際。杜甫《秋興》詩之七："關塞極天惟鳥道。"

4　"喚取"二句：但願喚來能慰人解愁的女子，不要使英雄滿懷悲涼對此揮淚。**紅巾翠袖：** 婦女的裝束，此用以代指善解人意的女子。辛棄疾《水龍吟·登建康賞心亭》詞："倩何人喚取，紅巾翠袖，搵英雄淚。"

臨江仙 寒柳

　　詠物詞要寫好很不容易，正如南宋著名詞人張炎在其論詞著作《詞源》中所說的那樣："體認稍真，則拘而不暢；模寫差遠，則晦而不明。"如果單純地就物詠物，即使刻劃形容到維妙維肖的地步，總也呆板無神，意義不大，算不得上乘之作。所以論者多以為好的詠物詞必須"不離不即"，也就是既不偏離所詠之物，又不黏著於物上，而做到有物有情。容若這一首詠寒柳之作，就在詠物時融入自己的思想感情，而且"收縱聯密，用事合題"（此八字為《詞源》對詠物詞所提的要求），實際上是借物寓情，因物見意，所以自臻妙境。對此，連一向對納蘭詞持論較苛的陳廷焯也表示嘆服，評為"言中有物，幾令人感激涕零"（見《白雨齋詞話》卷六）。

　　飛絮飛花何處是？層冰積雪摧殘。[1] 疏疏一樹五更寒。愛他明月好，憔悴也相關。[2]
　　最是繁絲搖落後，轉教人憶春山。[3] 湔裙夢斷續應難。西風多少恨，吹不散眉彎。[4]

注釋

1 **"飛絮"二句**：那飄飛的柳絮楊花都到哪裏去了？現在柳樹正受到層冰和積雪的摧殘。**花**：指楊花，也就是柳絮。柳絮飄飛是晚春景象。

按：入筆就緊扣題目，第一句寫出"柳"字，第二句點明"寒"字。

2 **"疎疎"三句**：一樹枝葉，稀稀疎疎，忍受著五更時的寒氣。可敬愛的是明月有好意，即使衰柳如此憔悴，也仍然清輝相照，表示關懷。**疎疎**：稀疎貌。疎同"疏"。**五更**：古分一夜為五個更次，五更是天快亮的時候。**明月好**：這裏既指月色美好，也指明月有好意。

3 **"最是"二句**：當初繁密翠綠的柳絲已經零落凋殘，正在這種時候，反而使人回憶起了如同春山一般美好的雙眉。**最是**：正是，恰是。**搖落**：見前《沁園春》（瞬息浮生）闋注。**春山**：此指女子所畫之眉。李商隱《代贈》詩之二："總把春山掃眉黛。"容若有《題照》詩云："就中真色圖難就，最是春山兩筆難。"亦以"春山"代眉。

按：古人每以"春山"形容女子所畫之眉，又往往把女子之眉比作柳葉（如白居易《長恨歌》"芙蓉如面柳如眉"），這裏由眼前的衰柳想到未搖落時的繁絲，又想到柳葉，於是由物及人，轉而忽憶"春山"。

4 **"渲裙"三句**：當時的情事就像做了半截的夢，醒來就難以復續了。西風陣陣，帶著多少怨恨之情，吹啊吹，再也吹不開一雙愁眉。**渲**（jiān 肩）**裙**：渲，洗滌。唐代詩人李商隱在《柳枝》詩小序中說，他在洛陽居住

106

時，鄰家一位名叫柳枝的少女愛慕他的詩才，曾經扯斷自己的衣帶託人請他題詩。一日相遇，柳枝對他説："後三日鄰當去湔裙水上，以博山香待，與郎俱過。"他因故未能踐約而去了長安，冬天再到洛陽打聽，柳枝已"為東諸侯取去矣"。容若在這裏用此故事似乎是暗指與自己有關的一段情事。**眉彎**：眉形彎曲，故云。

按：此三句是設想所憶女子的景況：當日的"春山"現在怎麼樣呢？因"湔裙夢斷續應難"而成了一雙愁眉。"湔裙"暗用柳枝典故，末云"眉彎"，而眉如柳葉，均照應了題中的"柳"字。

昭君怨

　　此詞上闋寫傷秋，下闋寫懷人，總不離 "相思"
二字。雖然立意平平，但其構思和用字，尚有值得稱
道的地方。

　　暮雨絲絲吹濕，倦柳愁荷風急。瘦骨不
禁秋，總成愁。[1]　　別有心情怎說？未是訴
愁時節。譙鼓已三更，夢須成！[2]

注釋

1　**"暮雨" 四句**：黃昏時絲絲細雨飄來，瀰漫著一片濕
　　意。秋風急吹，那衰柳殘荷搖晃不已。一身瘦骨，再也
　　禁受不起秋風秋雨的摧折了，眼中的一切，都使人感到
　　愁苦。**倦柳愁荷**：此言秋景蕭條，若柳若荷都已失去了
　　春夏時的那種生動、新鮮的神態。史達祖《秋霽》詞：
　　"江水蒼蒼，望倦柳愁荷，共感秋色。"
2　**"別有" 四句**：心中別有一般滋味，可是怎麼表達呢？
　　現在可不是訴說相思之愁的時候。聽譙樓上的鼓聲已報
　　三更那人相聚的好夢應該做成了！**譙（qiáo 喬）鼓**：
　　譙指譙樓，即築於城門之上用以望遠的城樓。古每於譙
　　樓中置鼓報時。

按：所謂「別有心情」，自是相思之苦。言「未是訴愁時節」，一則因為此情最宜在重逢時對那人當面絮說，而現在傾訴的對象不在身邊；二則既已明知所思之人不會突然出現在眼前，那就只想能在夢中相見，天色已晚，當及早入夢，無暇訴愁。偏偏又欲睡不能。不說「夢難成」而說「夢須成」，「須」字刻劃心理傳神。應已成夢，卻未成夢，欲求成夢，無奈終不成夢，正見愁之深、思之苦。

太常引

"夢也不分明,又何必催教夢醒!"至情流露,
不假雕飾,隨口說來,自然而然有此警句。納蘭詞的
勝境,於此可見一斑。

晚來風起撼花鈴,人在碧山亭。[1] 愁裹不
堪聽,那更雜、泉聲雨聲![2] 無憑蹤跡,
無聊心緒,誰說與多情。[3] 夢也不分明,又何
必、催教夢醒![4]

注釋

1　**"晚來"二句**:夜來風起撼動了護花鈴,我人在青山下
　　的驛館之中。花鈴:《開元天寶遺事》記載,唐玄宗的
　　哥哥寧王李憲曾命人用紅絲繩連綴許多金鈴,繫在園中
　　花梢之上,鳥雀飛來,守園人就牽動絲繩,讓鈴聲驚走
　　牠們。後人用此為護花的典故,有"護花鈴"之稱。但
　　這裏的花鈴恐怕是借指簷間鐵馬,因為其時其地都不可
　　能真有繫鈴花上之事。亭:此指驛亭、驛館,即舊時官
　　方設置的行旅止息之所。

2　**"愁裏"二句**:滿懷愁緒,聽不得這淒涼的鈴聲,更何

況鈴聲中又夾雜著雨聲、泉聲！

3　　**"無憑"三句**：我現在這沒有定準的行蹤，這煩悶無聊的心情，能請誰向多情的她訴說呢？**無憑**：不定，沒有依託。**無聊**：煩悶不樂，精神無所寄託。王逸《九思·逢尤》："心煩憒兮意無聊。"

4　　**"夢也"二句**：我的夢境本來就不很清楚，又何必催我夢醒呢？

　　按：末二句回應首句"撼花鈴"。好不容易入夢了，夢中依稀與她相見、團聚，偏偏風起鈴響，把人驚醒。連不分明的夢都不讓做，這離愁實在難以排遣。二句未經人道，頗有新意，陳廷焯評為"頗悽警"（《白雨齋詞話》卷六）。

南鄉子 搗衣

　　"九月寒砧催木葉，十年征戍憶遼陽。"（沈佺期《古意呈補闕喬知之》詩）"長安一片月，萬戶搗衣聲。秋風吹不盡，總是玉關情。"（李白《子夜吳歌》）秋風一起，戍邊軍士們的妻子就要忙著為遠方的親人準備寒衣了。水邊砧上，清杵聲聲，那月下搗衣的動人情景，包含著思婦們的深情，牽動了騷人們的詩思。容若這一首《南鄉子》也是以此為題材創作的，而意境淒清，心理描寫非常細膩，在眾多的同題作品中，有其獨到之處。

　　鴛瓦已新霜，欲寄寒衣轉自傷。[1] 見說征夫容易瘦，端相，夢裏回時仔細量。[2]　　支枕怯空房，且拭清砧就月光。[3] 已是深秋兼獨夜，淒涼，月到西南更斷腸。[4]

注釋

1　"鴛瓦"二句：屋瓦上已結了一層新霜，想給遠戍邊庭的親人寄送寒衣，忽然自己又傷感起來。鴛瓦：屋瓦一仰一俯相配成偶，稱為"鴛鴦瓦"，簡稱"鴛瓦"。

2 **"見說"三句**：聽說在外征戍的人容易消瘦，什麼時候在夢中見他歸來，我要好好看看他，仔仔細細地把他的身材量一量。**見**：這裏是聽聞的意思。**征夫**：征役之人，這裏指戍邊的丈夫。**端相**：端詳，仔細地看。

按：三句承上"欲寄寒衣轉自傷"，寫忽而傷感的原因。因秋涼而欲寄寒衣，自然會想起丈夫的身量，卻怕他已因邊地生活艱苦而消瘦，不知瘦了多少，無由見面，又只好夢裏端詳。筆法細密，絲絲入扣。

3 **"支枕"二句**：靠著枕頭想安睡，卻又禁受不住這空房獨守的滋味，還是姑且把水邊的石砧揩拭乾淨，趁著月光搗衣吧。**支枕**：用枕頭支著身體，也就是倚枕的意思。**怯空房**：參見《青衫濕遍·悼亡》注。但這裏言怯，不是指膽小害怕，而是說忍受不了、禁受不住。**拭**（shì 式）：擦，揩。**砧**（zhēn 真）：捶東西或砸東西時墊在下面的器物。古時洗衣要用木杵捶打衣物以去污，墊在衣物下面的石板就是"砧"。此謂"清砧"是因其清潔光滑而言。杜甫《搗衣》詩："亦知戍不返，秋至拭清砧。"

4 **"已是"三句**：已經到了深秋時節，何況又是長夜獨處，心情萬般淒涼，看月亮移到西南的天邊，好不容易又捱過了一夜，思前想後，越發傷心。

秋千索 渌水亭春望

此作點染春色，筆筆如畫，風格清新俊逸。慣作傷感語的容若原來也能彈出輕快的春之旋律，使人耳目為之一新。

> 壚邊換酒雙鬟亞，春已到、賣花簾下。一道香塵碎綠蘋，看白袷、親調馬。[1]　　煙絲宛宛愁縈掛，賸幾筆、晚晴圖畫。半枕芙蕖壓浪眠，教費盡、鶯兒話。[2]

注釋

1　**"壚邊"** 四句：壚邊賣酒的少女雙鬟低垂，深深的春色已在賣花聲中來到簾下。一道帶著春天氣息的煙塵沖破了水中的綠萍，只見穿著白色夾衣的少年正在岸邊訓練馬匹。**壚**（lú 盧）：酒店中安放酒甕的土墩。**換酒**：買酒和賣酒都可稱作"換酒"，這裏是賣酒的意思。**鬟**：環形的髮髻。兩鬟是少女的髮式。辛延年《羽林郎》詩："胡姬年十五，春日獨當壚……兩鬟何窈窕，一世良所無。"**香塵**：春天野花遍開，馬蹄帶香，所以這裏稱奔馬揚起的煙塵為"香塵"。**蘋**：同"萍"。**袷**（jiá

夾）：夾襖。**調馬**：調教、訓練馬匹。

2　　**"煙絲"四句**：霧靄中的柳絲柔弱無力，就像被愁意所
纏繞牽掛，它們似乎是一幅晚晴圖中剩下的美妙畫面。
倚枕而望，那半邊荷花正壓著水波平躺在池面上。就是
費盡鶯兒的啼聲，也留不住這將要逝去的春光。**煙絲**：
見前《踏莎行》（春水鴨頭）關注。**宛宛**：柔弱貌。庾
信《遊山》詩："宛宛藤倒垂，亭亭松直豎。"一說以
為迴旋屈伸貌。**縈掛**：見前《一絡索》（過盡遙山如畫）
關注。**賸**：同"剩"。**半枕**：此表示範圍，意指側臥時
所對的那一面。**芙蕖**：荷花的別稱，此似指荷葉。**教費
盡、鶯兒話**：此用王安國《清平樂》詞"留春不住，費
盡鶯兒語"語意。

秋千索 淥水亭春望

　　此詞與前首同調同題，但前首著重描寫春天的景色，此則意在回憶往日情事。

　　淥水亭是納蘭家別墅，原址在北京西郊玉泉山下（見《宸垣識略》卷十四）。

　　藥闌攜手銷魂侶，爭不記、看承人處？[1]除向東風訴此情，奈竟日、春無語。[2]　　悠揚撲盡風前絮，又百五、韶光難住。[3]滿地梨花似去年，卻多了、廉纖雨。[4]

注釋

1　"藥闌"二句：當初在花欄旁攜手漫步，她真是一位使人銷魂的伴侶！我怎麼會不記得這個曾經接待並庇護過我們的地方呢？**藥闌**：李匡乂《資暇錄》："今園庭中藥闌，闌即藥，藥即闌，猶言圍援，非花藥之闌也。"這是說藥、闌同義重用，都是欄杆的意思。但觀容若緊接又用"看承"一詞，而"看承"出自韓琦的一首賞芍藥詩，芍藥原可省稱"藥"。所以這裏的"藥闌"，還是應理解為花藥之欄。前人詩每以"藥闌"與"藤架"、

"蔬圃"等相對，也正作花藥之欄解。杜甫《有客》詩："乘興還來看藥欄。"邵寶注："藥欄，花藥之欄檻也。"此云"藥闌攜手"，語出趙長卿《長相思》詞："藥闌東，藥闌西，記得當時素手攜。"容若另有《四和香》詞，亦云"紅藥闌邊攜素手"，可參看。**銷魂**：此指愛到極度時產生的彷彿魂與身離的境界。**爭**：同"怎"。**看承**：原意是護持、照看。韓琦《和袁節推龍興寺芍藥》詩："聞得龍興好事僧，每歲看承不敢略。"此則謂那時二人漫步花間，似乎受到藥闌的護持。

2　**"除向"二句**：我此時的心情除非去向東風傾訴，無奈以東風為使者的司春之神一天到晚默默無語。**竟日**：終日。

3　**"悠揚"二句**：在風前悠悠揚揚撲面而來的柳絮快要飄盡了，又到了寒食節，那春光已不可挽留。**悠揚**：飄揚。**百五**：即"一百五日"，指冬至後一百零五天、清明前兩天的寒食。《荊楚歲時記》："去冬節（冬至節）一百五日，即有疾風甚雨，謂之寒食，禁火三日。"**韶光**：春光。

4　**"滿地"二句**：滿地都是凋落的梨花，情景同去年相似，只是多了眼前這絲絲細雨。**廉纖**：細微貌，多用以形容細雨。韓愈《晚雨》詩："廉纖晚雨不能晴。"黃庭堅《次韻賞梅》詩："小雨廉纖洗暗妝。"

臺城路 上元

舊以夏曆正月十五為上元節，其夜即稱元宵、元夕、或元夜。元宵放燈縱樂，是相沿已久的習俗。此詞以"上元"為題，但不是泛泛的節令應景之作。上闋雖然也寫到流連燈市，被火樹銀花的繁華景象所陶醉，但這不過是為下闋轉而言因觀燈而觸發舊情後的無限相思、深深傷感作鋪墊。詞的主旨，是追懷自己從前的那一段未得美滿結果的戀情。前後感情不一，跳躍較大，但用"舊事驚心，一雙蓮影藕絲斷"二句過拍，銜接自然，頗有章法。

　　闌珊火樹魚龍舞，望中寶釵樓遠。[1] 鞲鞲餘紅，琉璃膩碧，待囑花歸緩緩。[2] 寒輕漏淺。正乍斂煙霏，隕星如箭。[3] 舊事驚心，一雙蓮影藕絲斷。[4]　　莫恨流年逝水，恨消殘粉蝶，韶光忒賤。[5] 細語吹香，暗塵籠鬢，都逐曉風零亂。[6] 闌干敲遍。問簾底纖纖，甚時重見？[7] 不解相思，月華今夜滿。[8]

注釋

1　**"闌珊"二句**：樹上的盞盞燈火逐漸暗淡了，但燈市上百戲雜陳，熱鬧非凡。一眼望去，遠處有簫管紛紛的貴家樓臺。闌珊：衰殘，零落。火樹：元宵在樹上掛滿燈火，稱之為"火樹"。蘇味道《觀燈》詩："火樹銀花合。"魚龍舞：《漢書·西域傳贊》提到漢時有"漫衍魚龍角抵之戲"，指各種雜技魔術表演。這裏用以泛指元宵民間賽會的各種雜戲。辛棄疾《青玉案·元夕》詞："鳳簫聲動，玉壺光轉，一夜魚龍舞。"寶釵樓：漢武帝曾建寶釵樓，這裏用以泛指裝飾華麗的樓臺。蔣捷《女冠子·元夕》詞："春風飛到，寶釵樓上，一片笙簫，琉璃光射。"

2　**"靺鞨"三句**：那些鮮艷的彩燈好像分得了靺鞨所餘的紅，借來了琉璃剩下的綠，我正要囑咐遊伴仔細觀賞，慢慢歸去。靺鞨（mò hé 末合）：古代的一種民族，隋唐時分佈在黑龍江下游及松花江流域。據《丹鉛錄》、《唐寶紀》等書記載，靺鞨地"產寶石，大如巨粟"，當時中原地區的人把這種寶石也稱作"靺鞨"。這裏即以靺鞨作為紅寶石的代稱。琉璃：用扁青石為藥料燒製的有玻璃光澤的物品，可以有各種顏色，而綠色較多。膡：同"剩"。花歸緩緩：蘇軾《陌上花》詩小序言"吳越王妃，每歲春，必歸臨安，王以書遺妃曰：'陌上花開，可緩緩歸矣'"。此用其語，意謂燈彩如花，正堪流連。

3　**"寒輕"三句**：天氣已不很寒冷，夜色也不算太晚，這

119

時看見一團煙霧突然收攏，似乎有無數隕星像箭一般從天上飛落。**煙霏**：雲霧迷濛。這裏指放焰火時出現的煙霧迷漫的狀況。**隕星如箭**，這裏用以比喻焰火飛迸的樣子。辛棄疾《青玉案·元夕》詞云"更吹落、星如雨"，亦以落星喻焰火。

按：以上寫元宵夜遊賞燈所見的景象，氣氛熱烈，從"待囑花歸緩緩"句看，作者的心境也是愉快的。

4　**"舊事"二句**：忽然看見一對蓮花燈，觸目驚心，使我想起了往事：與她未成並蒂蓮，但情絲恰似藕絲，欲斷還連。**蓮影**：此蓮當指蓮花燈。**藕絲**：孟郊《去婦》詩："妾心藕中絲，雖斷猶連牽。"後人每以藕斷絲連來表示情意尚未完全斷絕。

按：此二句言由一雙蓮燈聯想到以往的情事，勾起心中隱痛，承上啟下，是很巧妙的過渡。容若另有《一叢花》詞詠並蒂蓮，提到"藕絲風從凌波去"，也以一雙蓮花喻一對戀人，以藕絲喻情意綿綿。

5　**"莫恨"三句**：不要恨年歲像水一樣匆匆流逝，要恨那被粉蝶輕易消蝕的春光太不值錢。"逝水"一作"如水"。**消殘**：消蝕，損殘。**粉蝶**：蝶的一種，初夏時出現。**忒**（tè 特）：太，過份。**韶光**：春光。湯顯祖《牡丹亭·驚夢》："錦屏人忒看的這韶光賤。"

按：這三句是說流年如水固然可嘆，但更可悲的是如水流年中最美好的春光，也就是人生中最可留戀的那些時光，偏偏又最容易消逝。

6　**"細語"三句**：耳邊細語，吹來陣陣口脂香，微微揚起的塵土沾滿了鬢髮，語聲、鬢影，都隨著曉風吹過而零落不堪。**籠**：包。這裏是沾上去的意思。**逐**：隨。**零亂**：零落散亂。

按：此三句似追憶往年元宵與所戀之人在一起的情景。古時元宵是戀人約會的大好時機。容若在另一首詠上元的《金菊對芙蓉》詞中說道：“魚龍舞罷香車杳，膩尊前袖掩吳綾。狂遊似夢，而今空記，密約燒燈。”又有一首《鵲橋仙》詞也說到“前期總約上元時，怕難認、飄零人物”。可見他和她確曾有過元宵密約相會之事。

7　　**“闌干”三句**：我把欄杆敲遍，問什麼時候才能與她重新見面呢？**闌干敲遍**：韓偓《倚醉》詩：“敲遍闌干喚不應。”周邦彥《感皇恩》詞：“敲遍闌干誰應。”此云“闌干敲遍”，當亦寓“喚不應”、“誰應”之意。**纖纖**：嬌小柔美貌。《古詩十九首》之二：“娥娥紅粉妝，纖纖出素手。”又辛棄疾《念奴嬌·書東流村壁》詞：“行人曾見，簾底纖纖月。”辛詞似指女子之足而言，此“簾底纖纖”則指所戀之人。**甚時**：什麼時候。

8　　**“不解”二句**：月亮它不懂相思，今晚團欒無缺，光輝照射。

按：月有陰晴圓缺，人有悲歡離合。今晚月圓人不圓，作者本已感舊事而驚心，未免更要對明月而傷懷了。

水調歌頭 題岳陽樓圖

　　這是一首意境空靈，格調超逸的題畫詞。詞中結合畫面所見的景色，融入了不少有關岳陽樓、洞庭湖的典故名句，流暢自如，不露痕跡。全詞音節鏗鏘，一氣呵成，而又餘韻嫋嫋，迴響不絕。

　　落日與湖水，終古岳陽城。[1] 登臨半是遷客，歷歷數題名。欲問遺蹤何處？但見微波木葉，幾簇打魚罾。[2] 多少別離恨，哀雁下前汀。[3]　　忽宜雨，旋宜月，更宜晴。[4] 人間無數金碧，未許著空明。[5] 澹墨生綃譜就，待倩橫拖一筆，帶出九疑青。彷彿瀟湘夜，鼓瑟舊精靈。[6]

注釋

1　"落日"二句：面對著輝煌的落日和浩淼的湖水，岳陽城永遠屹立。**終古**：久遠，永遠。**岳陽城**：岳陽樓所在的巴陵縣（今湖南省岳陽市）縣城。

　　按：此云岳陽城，其意實偏指岳陽樓。岳陽樓即巴陵西門城樓，始建於唐代，歷代都曾重建或重修，是著名的古跡。樓高三層，西向面對落日，又下臨洞庭湖水。"昔聞洞庭水，今上岳陽樓。"（杜甫）"氣蒸雲夢澤，波撼岳陽城。"（孟浩然）"疊浪浮元氣，中流沒太陽。"（劉長卿）歷來吟詠岳陽樓的作品必連及洞庭，且多涉夕陽。容若此作起筆即強調"落日與湖水"，亦由此。

2 **"登臨"五句**：細數壁上的提名，可知歷來到此登臨的，半數是被流遷，遭貶謫的失意之人。要問他們的遺蹤在什麼地方，現已不可追尋，只見微波陣陣，落葉飄零，湖面上一簇一簇地散佈著許多正在撒網打魚的小船。**遷客**：被貶謫放逐的官員。**歷歷**：分明可數。**微波木葉**：《楚辭·九歌·湘夫人》："嫋嫋兮秋風，洞庭波兮木葉下。"**罾**（zēng 增）：有竹木支架的方形魚網。

3 **"多少"二句**：登樓遠眺，引起了多少別愁離恨，那鳴聲淒哀的雁群又正飛落在前面的沙洲上。**汀**：水中或水邊的平地，小洲。

按：落日，湖面，微波，木葉，魚罾，哀雁，當都是《岳陽樓圖》畫面上用來陪襯岳陽樓的景色。

4 **"忽宜雨"三句**：岳陽樓的美景，忽而適宜在雨中欣賞，忽而適宜在月下領略，而更適宜的是在晴空萬里的時候登臨縱目。**旋**：不久，頃刻。

按：范仲淹《岳陽樓記》即云岳陽樓"朝暉夕陰，氣象萬千"，指出在"上下天光，一碧萬頃"的晴日登樓最為心曠神怡。

5 **"人間"二句**：人間有無數描繪岳陽樓的金碧山水畫，都未能像這幅圖畫那樣顯出水天一碧中的岳陽樓通明靈澈的氣韻。**金碧**：中國畫顏料中，泥金、石青、石綠三色合稱"金碧"，用金碧為主色繪成的山水畫稱為"金碧山水"，金碧山水往往把富麗堂皇的殿堂樓臺當作表現對象。**未許**：這裏是未能的意思。**著**：顯明，顯出。**空明**：空，清空；明，明澈。

6 **"澹墨"五句**：它就像是一首用淡墨和生綃譜成的樂曲，我想請畫家在畫面上再橫拖一筆，帶出九疑山的青青山色，那麼畫中就彷彿傳出瀟湘之夜湘水女神鼓瑟的聲音了。**澹**：同"淡"。**生綃**：生絲織成的薄絹，可用以繪畫。**倩**：請。**九疑**：山名，又名蒼梧山，在今湖南省寧遠縣南，相傳虞舜葬於此山。**瀟湘**：原意為清深的湘水，後世多用以泛指湖南地區。**鼓瑟舊精靈**：精靈謂湘水女神，或以為即虞舜之妃，相傳善於鼓瑟。《楚辭·遠遊》："使湘靈鼓瑟兮，令海若舞馮夷。"

按："帶出九疑青"，"鼓瑟舊精靈"，暗用唐代錢起"曲終人不見，江上數峰青"（《省試湘靈鼓瑟》）詩意。

踏莎行 寄見陽

　　容若"生長華閥，澹於榮利"（徐乾學《通志堂集序》），"雖處貴盛，閒庭蕭然"（嚴繩孫《成容若遺稿序》），"身遊廊廟，恒自託於江湖"（吳綺《飲水詞序》），其襟懷雅曠，為人無貴游習氣，是當時師友所共知、共許的。容若本人所作詩詞也屢屢流露不願受名韁利鎖的羈絆，唯求反璞歸真得享自然的想法。這恐怕不是故作姿態的矯情之說。這一首《踏莎行》強調"賞心應比驅馳好"，"人生何事緇塵老"，在一定程度上反映了他的真實思想，是讀納蘭詞者不應忽略的。

　　詞題中的"見陽"是容若的摯友張純修。純修字子敏，號見陽，漢軍旗人，容若與之過從甚密，且多書札往還，情好如"異姓昆弟"。容若死後，純修刊其遺作《飲水詩詞集》，又裝容若手札二十九通為一卷，以誌永懷。

　　倚柳題箋，當花側帽，賞心應比驅馳好。[1] 錯教雙鬢受東風，看吹綠影成絲早。[2]
　　金殿寒鴉，玉階春草，就中冷暖和誰道！[3] 小樓明月鎮長閒，人生何事緇塵老？[4]

注釋

1 **"倚柳"三句**：靠著柳樹題詩，對著鮮花側帽，心中充滿喜悅之情，這樣做總比違反本願驅馳奔逐於名利場上好。**箋**：精美的紙，這裏是指用以題詩的詩箋。**當**：對當，面對著。**賞心**：樂意，心中喜悅。**驅馳**：這裏指為名利而奔走競逐。

2 **"錯教"二句**：錯誤地讓自己的雙鬢承受東風的吹拂，眼看一頭青絲早早地被吹成白髮。**東風**：這裏是指繁華場中的種種風氣。**綠影**：此謂烏黑的鬢髮。**絲**：喻白髮。

3 **"金殿"三句**：金碧輝煌的殿堂旁飛過了寒鴉，精緻華美的台階上長出了春草，這裏面的冷和暖能向誰訴説呢！**金殿**：飾金之殿，言其富麗堂皇。**寒鴉**：寒天的烏鴉。王昌齡《長信宮》詩之二："奉帚平明金殿開，且將團扇共徘徊。玉顏不及寒鴉色，猶帶昭陽日影來。"王詩詠漢成帝時班婕妤失寵自請居長信宮侍奉太后事，而以趙飛燕擅寵昭陽作對比，顯見一冷一暖。此云"金殿寒鴉"，即用王詩之意。**玉階**：美麗如玉的台階。**就中**：內中、其中。

   按：三句致慨於榮華易逝，世態炎涼。

4 **"小樓"二句**：居小樓，賞明月，日常悠閒自得。人生在世，又為什麼要在名利場上奔走風塵，直到老死？**鎮**：長久。詩詞中每見"鎮日"、"鎮年"之語，意謂整日，整年，亦即常日、常年。**緇塵**：見前《金縷曲·贈梁汾》注。

按：容若在致張見陽信中也提到“長安中煙海浩浩，九衢晝昏，元規塵污（東晉庾亮字元規，以帝舅的身份出鎮武昌而暗執朝廷大權，王導心中不平，每逢西風揚塵，就用扇遮面，說是“元規之塵污人”），非便面（扇的別稱）可卻”（第二十八札），“東華軟紅塵，祇應埋沒慧男子錦心繡腸，僕本疏慵，那能堪此”（第二十九札），其意與此相彷彿，可參看。

鷓鴣天

　　思婦在"秋澹澹，月彎彎"時懷念征人，懸想"明朝匹馬相思處，知隔千山與萬山"；征人在"瘦馬關山道"上懷念思婦，又擬"憑將掃黛窗前月，持向今朝照別離"。下面兩闋《鷓鴣天》分寫征人思婦兩地相思，正好互相映襯；合而觀之，更見經營之妙。

　　冷露無聲夜欲闌，樓鴉不定朔風寒。[1]生憎畫鼓樓頭急，不放征人夢裏還。[2]　　秋澹澹，月彎彎，無人起向月中看。[3]明朝匹馬相思處，知隔千山與萬山！[4]

注釋

1　"冷露"二句：陰冷的露水靜悄悄地沾濕了戶外的一切，夜已深了，在凜冽的北風中，樓巢的烏鴉驚擾不安。闌：深，晚。

2　"生憎"二句：最使人惱恨的是畫鼓在城頭急敲，不放遠行的親人的夢魂回來與我相見。"生憎畫鼓樓頭急"一作"樓頭畫鼓三通急"。生：這裏用作表程度的副

詞，略等於“最”。**畫鼓**：飾有彩畫的鼓。這裏是指
更鼓。

按：更鼓緊敲，難以入睡，自不能與所思念的人在夢中
相會，而鼓聲除報時外又有禁夜的用意，所以又設想更
鼓緊敲是“不放征人夢裏還”──把征人歸家的夢魂拒
於城門之外了。

3 **“秋澹澹”三句**：秋色澹澹，月兒彎彎，沒有人起來在
月下觀賞夜景。“月中”一作“五更”。**澹**（dàn）**澹**：
廣漠靜謐貌。蔡伸《小重山》詞：“澹澹秋容煙水寒。”

4 **“明朝”二句**：明天早晨我的相思之情要追隨他騎馬登
程，他踏上的路應該同這兒相隔有千重山，萬重山！

鷓鴣天

　　雁貼寒雲次第飛，向南猶自怨歸遲。[1] 誰能瘦馬關山道，又到西風撲鬢時？[2]　　人杳杳，思依依，更無芳樹有烏啼。[3] 憑將掃黛窗前月，持向今朝照別離。[4]

注釋

1. "雁貼寒雲"二句：一群大雁緊貼著寒雲依次飛過。牠們飛向南方，尚且還怨歸去太遲。**次第**：按著順序。

2. "誰能"二句：騎著瘦馬行進在關山之間的古道上，偏偏，又到了西風撲面的時候，這種景況，誰能忍受得了？

   按：二句是反問語氣，當一氣連讀。云"瘦馬"、云"關山道"、云"西風撲面"，當是從馬致遠《天淨沙·秋思》曲"古道西風瘦馬"句化出，而暗含"斷腸人在天涯"之意。雁能南歸，尚且恨遲，人則北行，離家日遠。相形之下，因有"我不能堪"之嘆。

3. "人杳杳"三句：那人同我相隔遙遠，我對她的思念始終不斷。眼前根本看不到枝葉茂盛、生機勃勃的樹木，只聽得烏鴉在啼叫。**杳杳**：深遠貌。**依依**：戀戀不捨。

更：此表示程度之深，"更無"猶言"絕無"。**芳樹**：春樹，又泛指生意盎然之樹。

按："更無芳樹有烏啼"，"芳樹"當喻別前兩人歡聚時的良辰美景賞心樂事，"烏啼"當指眼前的淒涼情景。

4　**"憑將"二句**：我就想請她把那像鏡子一樣，她曾對之畫眉梳妝的窗前明月，今天拿過來照耀我這正忍受著別離之苦的人。**憑**：請。**掃黛**：畫眉。黛是古代婦女用來畫眉的一種青黑色的顏料。

南歌子

　　這首詞寫病中女子的相思之情，別離之苦，情調尤為悽婉，此即所謂"哀感頑艷，得南唐二主之遺"（陳維崧評納蘭詞語）。

　　翠袖凝寒薄，簾衣入夜空。[1]病容扶起月明中，惹得一絲殘篆舊薰籠。[2]　　暗覺歡期過，遙知別恨同。[3]疎花已是不禁風，那更夜深清露濕愁紅！[4]

注釋

1　**"翠袖"二句**：翠袖凝聚著寒氣更顯單薄，夜來簾衣褪盡，簾幙低垂。**翠袖**：女子綠色的衣袖。杜甫《佳人》詩："天寒翠袖薄，日暮倚修竹。"**簾衣**：這裏指簾套。

2　**"病容"二句**：她帶著病容強支病體起來觀望明亮的月色，沾染了舊薰籠裏殘香浮出的一絲輕煙。**扶**：此謂支持病體。**惹**：沾染。何遜《九日侍宴樂遊苑詩為西封侯作》詩："同惹御香芬。"**殘篆**：殘存的香煙。香點燃後煙霧縈迴如同篆字，故以"篆"代稱香煙。**薰籠**：罩在薰爐上用以薰香或烘乾衣物的籠子。

3　"暗覺"二句：暗中覺得相約歡聚的日期已經逝去，遙知對方一定也抱著與自己相同的別離之恨。

4　"疎花"二句：枝頭稀稀落落的花已禁不起陣風再來摧折，哪裏還能忍受夜深時分的熬點清露？看那帶露的花朵，就像是愁人在啼血一樣。

　　按："濕愁紅"三字把花擬人化了，而這兩句看似寫花，其實又意在喻人。

南鄉子

　　絮飛、花落、日斜、風定，一位少女倦繡無聊，樓頭閒立，俯看鴛鴦，心有所感。此詞寫晚春情思，筆調輕快明朗。讀者吟此，自然而然能在自己的腦海中勾勒出一幅色彩美麗、形象生動的圖畫。

　　飛絮晚悠颺，斜日波紋映畫梁。[1]刺繡女兒樓上立，柔腸。愛看晴絲百尺長。[2]　　風定卻聞香。吹落殘紅在繡牀。[3]休墮玉釵驚比翼，雙雙。共唼蘋花綠滿塘。[4]

注釋

1　**"飛絮"二句：**黃昏時分柳絮飄飛不定，房樑上映照著陽光斜射下的池面的波紋。**悠颺：**飄忽不定。颺同"揚"。**畫梁：**飾有彩畫的房樑。

2　**"刺繡"三句：**刺繡的少女站在樓頭，她情意纏綿，就愛看那長長的遊絲在空中舒展飄蕩。**柔腸：**見前《一絡索》(過盡遙山如畫)闋注。**晴絲：**即遊絲，參見《秋千索》(遊絲斷續東風弱)闋注。

3　**"風定"二句：**風停後卻聞到了花香，原來剛才風已把落花吹到繡牀上了。**殘紅**：落花。**繡牀**：繡架，刺繡時用以繃緊織物的牀架。權德輿《相思曲》："鵲語臨妝鏡，花飛落繡牀。"

4　**"休墮"三句**：當心，不要掉落玉釵驚動那樓下池中的鴛鴦，牠們正雙雙對對地在碧綠的池塘中一起啄食蘋花。**比翼**：比翼鳥，這裏是指鴛鴦。**唼**（shà霎）：魚鳥吃東西時發出的聲音，這裏用作動詞。**蘋**（pín頻）：一種長在淺水中的蕨類植物。

虞美人

　　此詞上闋寫重逢的喜悅，卻憶及當初分別之後的相思之苦；下闋寫離別的哀傷，又回味往日相聚之時的閨中之樂。這樣交互言之，淋漓盡致地表達了依戀之情。作者寫的是自身的感受，所以能真切如此。

　　曲闌深處重相見，勻淚偎人顫。[1] 淒涼別後兩應同，最是不勝清怨月明中。[2]　　半生已分孤眠過，山枕檀痕涴。[3] 憶來何事最銷魂？第一折枝花樣畫羅裙。[4]

注釋

1　"曲闌"二句：在曲折的欄杆深處重逢，她靠在我身上，一面揩眼淚，一面不住地打顫。勻淚：抹淚，把眼淚揩掉。偎人顫：李煜《菩薩蠻》詞："畫堂南畔見，一晌偎人顫。"
　　按："勻淚偎人顫"，寫出了閨中人見到日夜思念的所親所愛之人時的極其喜悅、極其激動的情狀。

2　"淒涼"二句：在那別後分處的日子裏，兩人的心境應是一般地淒涼，最難禁受的是遙對明月時油然而生的那種冷清愁苦的心情。**清怨**：淒清的愁怨之情。

3　"半生"二句：我這一生一半時間料定要孤眠獨宿，又同她分別了，夜來檀木枕上總留著淚痕。**分**（fèn 份）：意料、認定。**山枕**：高高的枕頭。**檀痕涴**（wò 沃）：檀指檀木，言枕頭的質料。涴意為污染。檀痕涴謂檀木枕被淚痕弄髒了。

4　"憶來"二句：回想起來，閨中相聚之日什麼最使我銷魂呢？第一就是那畫著折枝花樣的美麗的羅裙！**銷魂**：見前《秋千索》（藥闌挽手銷魂侶）關注。**折枝**：畫花卉不帶根，稱折枝畫。

按：此用借代法，明言羅裙，實則指身穿羅裙的人。

念奴嬌

　　此詞寫別離之夜難捨難分的情景和恨恨愁苦的心緒。詞中"總不如休惹、情條恨葉"、"無分暗香深處住，悔把蘭襟親結"云云，正見篤於夫婦之愛的作者長隔閨幃的無可奈何的苦惱；官任侍衛，身不由己，所怨所悔，當於言外求之。

　　人生能幾？總不如休惹、情條恨葉。剛是尊前同一笑，又到別離時節。[1]燈炧挑殘，鑪煙爇盡，無語空凝咽。[2]一天涼露，芳魂此夜偷接。[3]　　怕見人去樓空，柳枝無恙，猶掃窗間月。[4]無分暗香深處住，悔把蘭襟親結。[5]尚暖檀痕，猶寒翠影，觸緒添悲切。[6]愁多成病，此愁知向誰說？[7]

注釋

1　"人生"四句：人生在世，能有多少日子？倒不如不去招惹那種種情事，也可免得為此忽而歡樂、忽而痛苦。剛才還舉著酒杯一起笑語，轉眼又到了該分別的時刻。"總不如休惹、情條恨葉"一作"才一番好夢，煙雲無跡」。「尊前同一笑」一作「心情凋落後」。**情條恨葉**：指男女之間的戀情。**尊**：酒杯。

2 **「燈炧」三句**：燈芯挑殘，燈光漸滅，香已燃盡，鑪上煙消。兩人相對抽泣，説不出話，也哭不出聲。**炧（xiè屑）**：燈燭的灰燼。**挑**：撥動燈芯，剔去灰燼。**鑪**：指香鑪。**蒻（ruò若）**：燒。**凝咽（yè業）**：抽泣，嗓子被氣憋住，哭不出聲來。柳永《雨霖鈴》詞：「執手相看淚眼，竟無語凝咽。」

3 **「一天」二句**：滿天都是陰涼的露氣，今天晚上我只能偷偷地同她的夢魂相親了。**芳魂**：美稱女子的魂魄。

按：臨別之時將近拂曉，所以設想白天登程後，再到晚間就只能同對方在夢魂中相見了。

4 **「怕見」三句**：我也不敢想像自己離去後她獨居空樓的寂寞景象。柳枝依然無憂無慮，在風中拂動，似乎要掃去窗紙上的月色。**樓空**：古人詩文每稱少婦獨處的居室為「空房」、「空樓」。人去樓空謂自己離去後此樓即成為「空樓」。

按：「怕見」是懸揣之詞，其實離去後就見不著樓中情形了，只能想像猜測。

5 **「無分」二句**：在這散發著陣陣幽香的我們的小天地裏，我們沒有緣份經常在一起，我十分後悔愛她愛得那麼深了。**暗香**：清幽的香氣。暗香深處指伊人身邊、伊人所處的深閨。**蘭襟**：衣襟的美稱。親結蘭襟是一種親愛的表示。晏幾道《采桑子》詞：「別來長記西樓事，結徧蘭襟。」

139

6　**"尚暖"三句**：眼前彷彿又見到了她的身影，淺紅的面
　　龐還帶著暖意，翠綠的衣衫仍有一股寒氣，這都觸動愁
　　緒，增添了我的悲傷之感。**檀痕**：此與"翠影"為對，
　　檀指淺紅色，檀痕隱喻臉影。**翠影**：翠當指衣裙之色。

7　**"愁多"二句**：愁多了就會成病，我現在心中的這種愁
　　能向誰去訴説呢？

　　按：上闋寫臨別之時，下闋寫既別之初。

采桑子

　　下面六首《采桑子》都是寫別後相思之情，前三闋女思男，後三闋男思女。容若所作小令"格高韻遠"，極纏綿婉約之致，能使"殘唐墜緒，絕而復續"（譚獻《篋中詞》卷一）。這一組《采桑子》就情致深婉，耐人尋味；而且又風雅蘊藉，玲瓏透剔。把它們同以寫言情小令著稱的北朱詞家晏幾道、賀鑄等人的佳作相比，不見得遜色許多。

　　涼生露氣湘絃潤，暗滴花梢。[1] 簾影誰搖？燕蹴風絲上柳條。[2]　　舞鵾鏡匣開頻掩，檀粉慵調。[3] 朝淚如潮，昨夜香衾覺夢遙。[4]

注釋

1　"涼生"二句：夜涼露生，露水似乎濕潤了琴絃，又暗暗滴落在花梢上。**湘絃**：傳說湘水女神善鼓琴瑟，所以詩人詞家多稱琴絃為"湘絃"。

2　"簾影"二句：是誰的影子在簾上搖晃？原來燕子飛過，帶來一陣微風，拂動了柳條。**蹴**（cù 促）：踢。"燕蹴風絲上柳條"，謂燕子把一絲微風踢到柳枝上，即指燕過、風起、柳動。造句尖新纖巧。

3　**"舞鵾"二句**：把繪有舞鵾圖像的鏡匣開了又關、關了又開，也懶得調勻香粉，進行曉妝。"舞鵾"一作"舞餘"，疑誤。**鵾（kūn 昆）**：鵾雞，一種似鶴的大鳥，一說就是鳳凰的別稱。舞鵾鏡匣指繪有鵾雞飛舞圖樣的收藏銅鏡的盒子。**檀粉**：拌有檀末的香粉。

4　**"朝淚"二句**：早晨起來，就淚下如潮，這是因為昨夜躺在香暖的被衾中做了一個夢，夢中知道了去到他那裏的路竟是這樣地遙遠。

采桑子

白衣裳憑朱闌立，涼月趦西，[1]點鬢霜微，歲晏知君歸不歸？[2]　　殘更目斷傳書雁，尺素還稀。[3]一味相思，準擬相看似舊時。[4]

注釋

1 **"白衣裳"二句**：穿著白色的衣裳，靠著紅色的欄杆，獨自悄立，看月亮漸漸地移到天幕的西邊。**趦**（suō 梭）：走。歐陽炯《南鄉子》詞："荳蔻花間趦晚日。"
按：二句化用王彥泓《寒詞》"況復此宵兼雪月，白衣裳憑赤闌干"詩意。

2 **"點鬢"二句**：鬢髮上已結了幾點霜花，快到年底了，不知道你會不會歸來。**歲晏**：歲晚，快至年終時。
按：從"涼月趦西，點鬢霜微"看，她在寒夜中站立已久，可見思念之苦。

3 **"殘更"二句**：別後他書信稀少，在這殘夜，望啊望，就是盼不到傳書的鴻雁。**殘更**：更次將盡時，殘夜。**目斷**：這裏是望不見、盼不到的意思。**傳書雁**：古代傳說以為雁能代人傳送書信，故云。**尺素**：原意是一尺寬的白絹，古人每於絹上寫信。漢樂府《飲馬長城窟行》："客從遠方來，遺我雙鯉魚。呼兒烹鯉魚，中有尺素書。"後人因把"尺素"當作書信的代稱。

4　"一味"二句：我一味地思念著他。打算重逢時像從前
一樣同他含情對視。**一味**：單純地，專於某事。**準
擬**：打算著，算定了。

按：此二句襲用晏幾道《采桑子》"坐想行思，怎得相
看似舊時"詞意。

采桑子

　　而今纔道當時錯，心緒淒迷。[1] 紅淚偷垂。滿眼春風百事非。[2]　　情知此後來無計，強說歡期。[3] 一別如斯。落盡梨花月又西。[4]

注釋

1　"而今"二句：現在才說道當時錯了，心裏一片迷茫，無限悵惘。"而今"一作"自今"。"纔"一作"誰"。纔：同"才"。淒迷：迷茫。這裏指心情悵惘，若有所失。

2　"紅淚"二句：暗自落淚。雖然春光滿眼，但總覺得事事都不稱心。紅淚：女子的眼淚。參見《河傳》（春淺）闋注。

3　"情知"二句：那時心裏明明知道從此以後無法再來了，卻硬是約定了下次歡聚的日期。情知：實知，明知。強（qiǎng 搶）：勉強，強自。歡期：幽會之期。

4　"一別"二句：一別到今，就像這樣再無重見之緣。看梨花落盡，月亮又已西沉，真是傷心。
　　按："落盡梨花月又西"，一則言其長夜不寐，二則用來襯托淒迷哀傷的心緒，不僅設景而已。

采桑子

誰翻樂府淒涼曲？風也蕭蕭，雨也蕭蕭，瘦盡燈花又一宵。[1]　　不知何事縈懷抱，醒也無聊，醉也無聊，夢也何曾到謝橋。[2]

注釋

1 **"誰翻"四句**：是誰在那裏改譜並演奏舊樂府中情調淒涼的曲子？原來是風聲蕭蕭，雨聲蕭蕭。燈油即將熬乾，爆落的燈花越來越小，好不容易又度過了一個夜晚。**翻**：此指在舊譜的基礎上改製新譜。蔡琰《胡笳十八拍》詩之十八："胡笳本出自胡中，綠琴翻出音律同。"**樂府**：漢代掌管音樂的官署，除負責製作朝會、巡行、祭祀時所用的音樂外，也收集民歌並為之譜曲。**蕭蕭**：風雨聲。**燈花**：見前《尋芳草・蕭寺紀夢》注。

2 **"不知"四句**：不知是什麼事總在胸中迴繞，不管是醉還是醒都心情鬱悶，打不起精神。就是做夢，也何曾到過她所在的地方！**無聊**：此謂精神無所寄託。**謝橋**：晏幾道《鷓鴣天》詞："夢魂慣得無拘檢，又踏楊花過謝橋。"唐宋以來詩人詞客每稱所戀之人為"蕭娘"、"謝娘"（蕭、謝都是南朝貴姓），此言謝橋，是指謝娘所在之地，也就是戀人的住處。

采桑子

　　桃花羞作無情死，感激東風。吹落嬌紅，飛入窗間伴懊儂。[1]　　誰憐辛苦東陽瘦？也為春慵。不及芙蓉，一片幽情冷處濃。[2]

注釋

1　**"桃花"四句**：桃花把無情而死當作羞恥，它的真情感動了東風。東風吹落了嬌艷鮮花的花瓣，花瓣又飛到窗間來陪伴正在因相思而煩惱的我。"窗間"一作"閒窗"。**感激**：感動激發。**懊儂**：即懊憹（nóng 農），煩悶。

2　**"誰憐"四句**：因為苦於相思，我身體日益消瘦，有誰同情憐憫呢？在這春天將要歸去的時候，我也身心懶散。真不及水中的芙蓉，它那一片深情在淒清的環境中偏能更密更濃！**東陽瘦**：南朝的沈約曾任東陽太守，他在給友人的信中提到自己的臂圍每月都減少半分。後人因用此作文人消瘦的典故。**慵**（yōng 雍）：懶散。**芙蓉**：荷花的別稱。

采桑子

　　謝家庭院殘更立，燕宿雕梁，月度銀牆，不辨花叢那辨香？[1]　　此情已自成追憶，零落鴛鴦，雨歇微涼，十一年前夢一場！[2]

注釋

1　**"謝家庭院"四句**：更殘夜盡的時候，我站立在她家的庭院中等候，燕子棲宿在樑上巢中，月亮度過了銀白色的粉牆。她來了——我既辨不清花叢在何處，又哪裏能夠分辨出飄來的是花香還是她身上的香？**謝家庭院**：此指戀人家的庭院。**雕梁**：有雕飾的房樑。**銀牆**：白色的牆，粉牆。**不辨花叢那辨香**：此句從元稹《雜憶》詩之三"不辨花叢暗辨香"句化出。

　　按：上闋是回憶舊時情事。

2　**"此情"四句**：此情此景已是只在追憶中存在，一對鴛鴦被分隔了，各自零落孤單。雨停了，天氣微有涼意，回想起來，這十一年前的事真像是一場夢！**此情已自成追憶**：李商隱《錦瑟》詩："此情可待成追憶，只是當時已惘然。"

　　按：此云**"十一年來夢一場"**，《少年遊》"算來好景只如斯"闋亦云"十年青鳥音塵斷，往事不勝思"，可知容若對自己早年的戀情始終不忘。

浣溪沙

這首詞講別時情狀，別後景況，全從對方著筆，卻又處處滲透著自己的思念關懷之情。在納蘭詞眾多的描寫別情的作品中，別具一格，宛轉可喜。

記綰長條欲別難，盈盈自此隔銀灣。便無風雪也摧殘。[1]　　青雀幾時裁錦字？玉蟲連夜翦春旛。不禁辛苦況相關？[2]

注釋

1　**"記綰"三句**：記得離別時她折柳為贈，把柳條聯結在一起，真是難捨難分。從此那可愛的人兒同我之間似乎就隔著一條銀河。縱使無風又無雪，她也會像那柳樹一般自行衰敗凋殘。**綰**（wǎn 宛）：聯綴打結。**長條**：柳條。古有折柳送行的習俗。張喬《寄維揚故人》詩："離別河邊綰柳條，千山萬水玉人遙。"**盈盈**：風致美好。《古詩十九首》之二："盈盈樓上女，皎皎當窗牖。"**銀灣**：銀河。李賀《谿晚涼》詩："玉煙青濕白如幢，銀灣曉轉流天東。"**摧殘**：這裏用作形容詞，意謂衰敗凋殘，用以指人，則是消瘦、衰弱、憔悴的意思。

2　**"青雀"三句**：她什麼時候能寫好書信託青鳥傳來呢？

在燈光下她或許一夜接一夜地剪彩綢作春旛，借此來排遣獨居的煩悶吧。我不禁替她感到愁苦，何況這事事都與我息息相關！**青雀：**這裏用如"青鳥"，指傳信的使者。典出《漢武故事》，參見《少年遊》（算來好景只如斯）闋注。**錦字：**用錦織成的字。前秦竇滔妻蘇蕙曾織錦為字，作璇璣圖寄滔，共八百四十字，循環反覆，皆可誦讀。事見《晉書·列女傳》及《侍兒小名錄》等書。後人每以"錦字"指妻子寄給丈夫的書信。杜甫《江月》詩："誰家挑錦字，滅燭翠眉顰。"杜詩用"挑"字，此詞用"裁"字，都是因"織錦"之典而言。**玉蟲：**燈花。楊萬里《和范至能參政寄二絕句》之一："錦字展來看未足，玉蟲挑盡不成眠。"**春旛**（fān 帆）：旛謂旛勝。唐宋時習俗，立春日婦女用彩綢剪成小旗或花鳥人物等形狀，稱為"旛勝"，用來貼在首飾上或掛在花枝下，並互相贈送，表示迎春之意。

憶桃源慢

這是一闋懷人詞。詞中提到"兩地淒涼多少恨"，顯然是說相思之情。從"幾年消息浮沉"句看，所思之人不僅多年未能見面，而且難通信息，這就不會是指自家眷屬；如說是悼亡之作，則盧氏在世時與容若並無久別之事，無需"寄聲珍重"，丁寧"加餐千萬"。細細體味詞意，可推斷當為追懷早年戀人而作。全詞篇幅較長，但徐徐道來，強烈的傷感伴和著深情的回憶蕩胸而出，以真摯自然勝。

斜倚薰籠，隔簾寒徹，徹夜寒如水。[1]離魂何處？一片月明千里。兩地淒涼多少恨，分付藥鑪煙細。[2]近來情緒，非關病酒，如何擁鼻長如醉？[3]轉尋思、不如睡也，看道夜深怎睡？[4]　幾年消息浮沉，把朱顏頓成憔悴。[5]紙窗風裂，寒到箇人衾被。篆字香消鐙炧冷，忽聽寒鴻嘹唳。[6]加餐千萬，寄聲珍重，而今始會當時意。[7]早催人、一更更漏，殘雪月華滿地。[8]

注釋

1 "**斜倚**"三句：斜靠著薰籠，只覺得寒氣透簾而入，整整一夜，都好像置身於涼水之中。"徹夜寒如水"一作"聽盡哀鴻唳"，又"如"一作"於"。**薰籠**：見前《南歌子》（翠袖凝寒薄）關注。**寒徹**：寒氣透徹。**徹夜**：通宵，整夜。

2 "**離魂**"四句：離人之魂今在何處？相隔千里，共對一片月明。兩地分離，有多少淒涼多少恨，全都交付給了藥鑪上的嫋嫋細煙。"月明千里"一作"月明如水"。"淒涼"一作"淒清"。**離魂**：離人的夢魂。**一片月明千里**：謝莊《月賦》："美人邁兮音塵闕，隔千里兮共明月。"**分付**：委託，交付，發落。説把相思之恨"分付藥鑪煙細"，意即謂因相思而成病。

3 "**近來**"三句：近來情緒不佳，並沒有因為喝多了酒而身體不舒服，怎麼也是説話濁聲濁氣的總像醉著一樣？**關**：與……有關。**病酒**：因喝酒過多而身體不適。李清照《鳳凰臺上憶吹簫》詞："新來瘦，非干病酒，不是悲秋。"**擁鼻**：用手捂著鼻子。《晉書‧謝安傳》説謝安能用洛陽書生的聲調吟詠，"有鼻疾，故其音濁。名流愛之不能及，或以手握鼻以效之"。唐彥謙《春陰》詩："天涯已有銷魂別，樓上寧無擁鼻吟。"此即用"擁鼻吟"暗示"銷魂別"。

4 "**轉尋思**"二句：轉而仔細一想，倒不如睡吧，可是在這夜深時分，心有所思，你説怎麼睡得著呢？**尋思**：反覆細想。**看道**：這裏表示自己料想。

5 **“幾年”二句**：幾年來，她音訊全無，想念她，真能使人紅潤的臉色一下子變得憔悴不堪。**消息浮沉**：消息未達。《世説新語・任誕》記東晉殷羨出任豫章（今江西南昌一帶）郡守，曾把京中人士託他帶給豫章親友的一百多封書信扔進長江，説道：“沉者自沉，浮者自浮，殷洪喬（羨字洪喬）不能作致書郵！”後人因把書信未寄到稱為付諸浮沉。**朱顏**：此指年輕人美好的容光。**頓**：遽然，立刻。

6 **“紙窗”四句**：窗紙被風吹破了，衾被中也滲進了寒意。香盡燈滅，忽然又聽到寒夜哀雁響亮淒清的鳴叫聲。“風裂”一作“浙瀝”。“忽聽寒鴻嘹唳”一作“不算淒涼滋味”，又“寒鴻”一作“塞鴻”。**箇人**：本意為彼人，那個人，此處似是自謂。箇同“個”。**篆字香**：盤作篆字形狀的香。**鐙炧**（xiè 屑）：燈燼。**嘹唳**（lì 利）：鳥蟲嘹亮淒切的鳴聲。

7 **“加餐”三句**：想當初她託人帶來回信，囑咐我千萬要保重身體，努力多進飲食，我如今才體會到其中的深意。**加餐**：多吃飯。漢魏時書信中常有的問候話。蔡邕《飲馬長城窟行》：“書中竟何如？上有加餐飯，下有長相憶。”**寄聲**：口頭傳達問候。

8 **“早催人”二句**：過了一更又一更，那漏聲催人早早安睡，只見滿地都是殘雪和月光。**漏**：古代的一種計時器，參見《臺城路・塞外七夕》注。**月華**：月光。

蘇幕遮

這闋詞的主旨可用李商隱贈杜牧的一句詩來表示："刻意傷春復傷別。"不同的是詞中的主人公是個女性。她傷別，是出於對戀人的深深的愛，所以在朦朧的夢境中又同他相會；她傷春，則出於對自己青春年華的惋惜，所以見到月明花紅，也會觸景生情，傷心不已。

　　枕函香，花徑漏。依約相逢，絮語黃昏後。[1] 時節薄寒人病酒，剗地梨花，徹夜東風瘦。[2]　　掩銀屏，垂翠柚。何處吹簫？脈脈情微逗。[3] 腸斷月明紅豆蔻，月似當時，人似當時否？[4]

注釋

1　**"枕函"四句**：枕函中散發著香氣，花徑裏漏下了月光，朦朦朧朧地，好像又同那人相逢在黃昏後，悄聲細語，彼此都有說不盡的話。**枕函**：見前《荷葉杯》（簾捲落花如雪）闋注。**依約**：隱隱約約。**絮語**：連綿不斷地細聲說話。

按：四句寫朦朧的夢境。

2　**"時節"三句**：春深時節，天氣還微帶寒意，人正因飲酒過量而感到難受。怎的一夜東風，颳得梨花都憔悴不堪？**病酒**：見前《憶桃源慢》（斜倚薰籠）闋注。**剗**（chǎn 鏟）**地**：這裏是"怎的"之意。辛棄疾《念奴嬌·書東流村壁》詞："剗地東風欺客夢，一枕銀屏寒怯。"**徹夜**：見前《憶桃源慢》（斜倚薰籠）闋注。

按："剗地梨花，徹夜東風瘦"應是"剗地東風徹夜梨花瘦"的倒裝。

3　**"掩銀屏"四句**：閉上銀白色的屏風，低垂翠綠色的衣袖。不知什麼地方有人在吹簫，簫聲中微微露出脈脈深情。**掩**：關閉。**脈脈**（mò 默）：含情欲吐的樣子。**逗**：透，露。

4　**"腸斷"三句**：看月色明亮，荳蔻紅艷，不由傷心腸斷。明月似舊，人還能像當初那麼美好嗎？**荳蔻**：一種多年生草本植物，夏初開花，秋季成實。杜牧《贈別》詩："娉娉嫋嫋十三餘，荳蔻梢頭二月初。"後人因以"荳蔻年華"喻十三四歲的少女。

按：荳蔻花色淡黃，此謂"紅荳蔻"，僅取字面之美，不符實際。此三句意在感傷青春易逝。

金縷曲

　　遠行歸來，與家中親人久別重逢，燈下相對，欣慰之餘，言及客況難堪，相思情深，或者小有唏噓，畢竟溫情為多。唐人所謂"何當共剪西窗燭，卻話巴山夜雨時"（李商隱《夜雨寄北》詩），盼望的就是這種境界。容若這闋《金縷曲》卻云"憶絮語、縱橫茗盌。滴滴西窗紅蠟淚，那時腸、早為而今斷"，原來正當剪燭西窗，對面絮語之時，又已在為即將到來的下一次離別而傷心了。在孤館獨宿，離思撩亂之時憶及當初的這一景象，更覺情多恨深，因欲"問愁與、春宵長短"。

　　"憶絮語"云云，靈活地變用前人詩句，含意更為豐富；所以不僅無效顰之嫌，反見點化之妙。

　　生怕芳尊滿。到更深、迷離醉影，殘鐙相伴。[1]依舊迴廊新月在，不定竹聲撩亂。問愁與、春宵長短。[2]人比疏花還寂寞，任紅蕤、落盡應難管。[3]向夢裏，聞低喚。[4]　　此情擬倩東風浣。奈吹來、餘香病酒，旋添一半。[5]惜別江郎渾易瘦，更著輕寒輕暖。[6]憶

絮語、縱橫茗盌。滴滴西窗紅蠟淚，那時
腸、早為而今斷。[7]任角枕，欹孤館。[8]

注釋

1　"生怕"三句：生怕杯中斟滿了酒，到夜深人靜的時
　　分，醉眼迷離，孤獨的身影獨伴殘燈。**生怕**：只怕，最
　　怕。**芳尊**：酒杯的美稱。**迷離**：模糊不清。
　　按：三句說想要借酒澆愁，又怕醉後愁不能消。

2　"依舊"三句：迴廊外新月似舊，風吹叢竹，不住傳來
　　雜亂的響聲。我心中的離愁同這難熬的春夜相比，究竟
　　誰短誰長？**迴廊**：見前《浪淘沙》（紅影濕幽窗）關注。
　　撩亂：紛亂、雜亂。

3　"人比"二句：人比枝頭那些稀稀疏疏的殘花還要寂
　　寞，也只得任憑紅花落盡，這是誰也管不了的事。"人
　　比疏花還寂寞"一作"燕子樓空絃索冷"。"紅蕤"一
　　作"梨花"。"應難管"一作"無人管"。**紅蕤**（ruí 緌）：
　　紅花。

4　"向夢裏"二句：我只能從夢中聽取她低聲相喚了。此
　　二句一作"誰領略，真真喚"。

5　"此情"三句：打算請東風洗去我心頭的煩惱，無奈東
　　風吹來，反而使我傷春病酒之情，即刻又增添了許多。
　　倩：請。**浣**（huǎn 緩）：洗。**餘香病酒**：蔡松年《尉遲
　　杯》詞："覺情隨、曉馬東風，病酒餘香相半。"餘香，
　　此指落花餘香。落花易引起傷春之感。病酒見前《憶桃

源慢》（斜倚薰籠）闋注。**旋**：一下子，馬上。

6　**"惜別"二句**：我為別情所苦，簡直就太容易消瘦了，何況又遇上這忽而輕寒忽而輕暖的天氣。"江郎"一作"江淹"。"渾易瘦"一作"消瘦了"。"更著"一作"怎耐"。**惜別江郎**：江郎指南朝江淹，他曾作《別賦》，描寫各類離別的不同情狀。這裏當是作者自謂。**渾**：完全，簡直。**著**：加上。

7　**"憶絮語"三句**：回想起當日同她西窗剪燭，相對細語，彼此都有說不盡的話，桌上茶杯橫七豎八，燭淚點點，好像也在為我們惜別。那時早已想到會有如今的這種難以忍受的別離之苦，不禁柔腸寸斷。**絮語**：見前《蘇幕遮》（枕函香）闋注。**茗盌**：茶杯。**紅蠟淚**：指蠟燭燃燒時下滴的燭油。

　　按：絮語西窗，紅蠟垂淚。除化用李商隱《夜雨寄北》詩意外，也暗含杜牧《贈別》詩"蠟燭有心還惜別，替人垂淚到天明"之意。

8　**"任角枕"二句**：現在只能在驛館中斜靠著枕頭孤眠獨宿。**角枕**：用角料裝飾的枕頭。《詩·唐風·葛生》："角枕粲兮。"鄭玄箋："以角飾枕也。"**攲**（qī 欺）：斜，傾側。**孤館**：獨居驛館。

菩薩蠻

　　容若詞集中另一闋《菩薩蠻》曰："夢回酒醒三通鼓，斷腸啼鴂花飛處。新恨隔紅窗，羅衫淚幾行。

　　相思何處說？空有當時月。月也異當時，團欒照鬢絲。"　其立意構思乃至遣詞造句，都與此闋雷同。可能一是初稿，一是改訂稿，結集時又並收兩存。把這兩闋詞合起來看，作者借酒澆愁，又見花落淚，對月傷心，總是為了戀情。如絲如縷，縈迴不絕，這相思之苦，宛曲道來，柔腸九轉，納蘭詞本亦於此擅場。

　　催花未歇花奴鼓，酒醒已見殘紅舞。[1] 不忍覆餘觴，臨風淚數行。[2]　　粉香看欲別，空膱當時月。[3] 月也異當時，淒清照鬢絲。[4]

注釋

1　"催花"二句：耳邊似乎總響著催花早開的羯鼓聲，可是酒醒之後已見落花在風中飛舞了。催花：據《開元天寶遺事》、《羯鼓錄》等書記載，唐玄宗愛擊羯鼓（傳自羯人的一種兩面都蒙皮可擊的鼓），一次二月初在上苑臨軒縱擊，自製一曲名《春光好》，鼓畢回頭一看，柳已綻芽，花亦放蕾。後人因有 "催花鼓" 之説。**花奴：**唐玄宗的侄子汝陽王李璡的小名。璡也善擊羯鼓，《楊太真外傳》説玄宗曾對侍臣説："召花奴將羯鼓來，為我解穢！"

按：二句是用花開旋落來比喻與所思之人相處的美好日子轉瞬即逝。

2 **"不忍" 二句：**不忍倒掉杯中的剩酒，對著風又流下了幾行眼淚。**觴**（shāng 商）：酒杯。

3 **"粉香" 二句：**分別時她是那樣地難捨難分，看到這一情景的，現在只剩下當時的月亮了。"欲" 一作 "又"。**粉香**：脂粉的香氣，這裏用來指代所思女子。**賸**：同"剩"。

4 **"月也" 二句：**就是月亮，也與當時不同。照在我身上的月光，竟是這樣地淒涼、清寂。**鬢絲**：鬢髮。

長相思

　　康熙二十一年（1682）清聖祖玄燁因雲南平定，出關東巡，祭告奉天祖陵。容若扈從侍衛，經山海關作此詞。塞上苦寒，三月的天氣仍是風雪迷漫。身為滿族貴冑的容若，當此之時夜不能寐，動了思鄉之情。有意思的是，他心中念念不忘的"故園"乃是北京什剎海後海西北的宅邸。滿人入關不到四十年，其貴族子弟在關內席豐履厚，反而對本族的發祥地失去了親近感，視關外為畏途了。不過在短短的一首三十六字的小令中，道眼前景，抒胸中情，熨貼自然，全無雕琢的痕跡，則正如王國維《人間詞話》所言，緣"初入中原，未染漢人習氣，故能真切如此"。

　　山一程，水一程，身向榆關那畔行。夜深千帳鐙。[1]　　風一更，雪一更，聒碎鄉心夢不成。故園無此聲。[2]

注釋

1　"山一程"四句：一路上登山涉水，走了一程又一程，向榆關那邊進發。夜深宿營，只見無數座行帳中都亮著燈火。**一程**：一站。**榆關**：又作渝關，山海關的別稱。
那畔：那邊。**鐙**：同"燈"。

2 　"**風—更**"四句：捱過了一更又一更，只聽得風雪陣
陣，吵得我鄉心碎亂，鄉夢難成。在我那故園，可是從
來不曾有過這種聲音啊！**聒**（guā 瓜）：吵鬧。柳永《爪
茉莉·秋夜》詞："殘蟬噪晚，甚聒得人心欲碎。"**鄉
心**：思鄉之心。

如夢令

　　這是一闋頗具特色的邊塞詞，景象與心境交織交感，既雄渾又悲涼。王國維特別讚賞其中"萬帳穹廬人醉，星影搖搖欲墜"二句，以為可同唐詩中"明月照積雪"、"大江流日夜"、"中天懸明月"、"黃河落日圓"等句媲美，"此種境界，可謂千古壯觀"（見《人間詞話》）。

　　萬帳穹廬人醉，星影搖搖欲墜。[1]歸夢隔狼河，又被河聲攪碎。還睡，還睡，解道醒來無味。[2]

注釋

1　**"萬帳"**二句：千萬座氈帳裏人們酣飲沉醉，無數顆星星閃爍抖動，似乎要從天上墜落。**穹廬**：遊牧民族居住的氈帳，古稱天空為"穹隆"，穹廬的形狀中央隆起，四周下垂，與穹隆相似，故名。**搖搖**：晃動貌。

2　**"歸夢"**五句：踏上歸家之路的夢魂，偏偏被白狼河所阻隔，欲渡不能，奔騰的水流聲又把夢境攪碎。繼續睡吧！繼續睡吧！我也知道醒來不是滋味。**狼河**：白狼河的簡稱。白狼河今名大凌河，在遼寧省境內。**解道**：知道，能夠理解。

浪淘沙 望海

此詞作於康熙二十一年（1682）三月扈從東巡，
途經山海關之時。

　　容若第一次看見氣象萬千的大海，就被那博大無
垠、波瀾壯闊的宏偉景象所折服，並嘆為觀止。這一
闋題作"望海"的《浪淘沙》，就表達了他當時驚訝
和狂喜的心情。

　　蜃闕半模糊，踏浪驚呼！[1] 任將蠡測笑江
湖。沐日光華還浴月，我欲乘桴。[2]　　釣得
六鰲無，竿拂珊瑚？[3] 桑田清淺問麻姑。水氣
浮天天接水，那是蓬壺？[4]

注釋

1　"蜃闕"二句：那海市蜃樓若有若無，踏著岸邊的浪
　　花，對之驚呼！蜃（shèn 慎）闕：指海市蜃樓。這是
　　大氣中由於光線的折射而形成的一種自然現象。如果各
　　層空氣密度相差較大，遠處的光線就會發生折射或全反
　　射，這時人們能看見在空中或地面以下有遠處物體的影
　　像。這種現象多出現在海邊或沙漠中。古人不明此理，

以為是蜃（大蛤）吐氣造成的。

2 **“任將”三句**：大海的宏偉不是那些見識淺陋的人所能
想像的，任憑他們去以蠡測海吧，在大海面前，他們顯
得多麼可笑！大海是如此的廣闊，它既能沐浴光焰萬丈
的太陽，又能沐浴一輪明月。我真想乘個大木筏浮海遠
去。**任將**：任憑。“將”是語助詞。**蠡（lǐ 理）測**：蠡是
盛水的瓢，以蠡測海喻見識淺陋，語出《漢書・東方朔
傳》。**笑江湖**：此暗用《莊子・秋水》河伯向洋興嘆的
典故。河伯“欣然自喜，以天下之美為盡在己”，及至
見了北海，方始嘆服，承認“吾長見笑於大方之家”。
桴（fú 扶）：大木筏。

3 **“釣得”二句**：垂釣海中的巨人，釣竿快要碰著海底
的珊瑚了，是否已經一下子釣得了六隻巨龜？**鰲（áo
熬）**：海中的大龜。《列子・湯問》説渤海東面有五座大
山隨波飄流，天帝命令十五隻巨鰲昂起頭頂住這五座
山，使它們固定下來。後來有一個龍伯之國的巨人，
“一釣而連六鰲”，結果岱輿、員嶠二山失其所托，流向
北極，沉下海底。**竿拂珊瑚**：杜甫《送孔巢父謝病歸遊
江東兼呈李白》詩：“詩卷長留天地間，釣竿欲拂珊瑚
樹。”古人以為珊瑚長在海底石上。

4 **“桑田”三句**：我還要問一問麻姑，桑田變為滄海，滄
海變為桑田，現在那海中的水是否又比往日淺了一些？
眼前水氣上浮天水相接，哪裏是蓬萊仙山啊！**麻姑**：神
話傳説中的女仙。據《神仙傳》記載，東漢時仙人王方
平降臨蔡經家，召來麻姑。麻姑對王方平説：“自上次

與你相見以來，已經見到滄海三次變成桑田，不久前到蓬萊去，看海水比以往又淺了許多，豈不是又將要變成陸地了？"此謂"桑田清淺"，即用此典。**蓬壺**·即蓬萊。傳說中的海上三仙山之一。《拾遺記》："海中有三山：一曰方壺，則方丈也；二曰蓬壺，則蓬萊也；三曰瀛壺，則瀛洲也。形如壺器，故名。"

菩薩蠻

此是容若於康熙二十一年（1682）三月扈從清聖祖出塞祀長白山至松花江憶內之作。其時盧氏夫人已去世多年，所憶當是續娶的官氏。但從“舊事逐寒潮，噦鵑恨未消”二句看，舊事難忘，未免由此及彼，也透露了對舊人的緬懷之情。

問君何事輕離別，一年能幾團欒月？[1] 楊柳乍如絲，故園春盡時。[2]　　春歸歸不得，兩槳松花隔。[3] 舊事逐寒潮，噦鵑恨未消。[4]

注釋

1　**“問君”二句**：問君為什麼把離別不當一回事，一年之中能遇上幾個月圓之夜啊？**輕離別**：以離別為輕，輕於離別。**團欒**：圓貌。樂府古辭：“十五團欒月。”
　　按：古人每以月圓喻團圓、團聚。張先《繫裙腰》詞：“人情縱似長情月，算一年年又能得幾回圓？”

2　**“楊柳”二句**：眼前的楊柳剛剛綻綠拖絲，故園卻是春光已盡了。**乍**：剛、初。
　　按：此二句陳廷焯《白雨齋詞話》評為“亦淒婉，亦閒麗，頗似飛卿語”。溫庭筠（飛卿）《菩薩蠻》詞有句云："楊柳又如絲,驛橋春雨時。"

3　**"春歸"** 二句:故園已是春歸,我卻歸不得故園。縱有
小艇雙槳,也難渡松花江。**松花**:江名,為黑龍江最大
支流,發源於長白山,流經吉林、黑龍江二省。溫庭筠
《西洲詞》:"艇子搖兩槳。"

按:此二句言雖有歸意,無奈身不由己,松花江竟成了
一時不可逾越的障礙。

4　**"舊事"** 二句:帶著寒意的江潮忽漲忽退,種種往事隨
著江潮在我心頭翻上翻下。那杜鵑啼聲哀怨,也似有餘
恨未消。

按:古人有杜鵑啼血之説,又以為杜鵑的啼聲是在喚
"不如歸去",所以啼鵑最易觸發遊子的離愁。

憶秦娥龍潭口

　　詞題中的"龍潭"，當指今吉林省吉林市東郊龍潭山下的龍潭。龍潭山一名尼什哈山，山勢巉峭，四面陡壁，與詞中"懸崖一線"之語合。山南有潭，深不見底，世稱"龍潭"，清代每逢天旱，寧古塔將軍（後稱吉林將軍）就到龍潭祈雨。詞中所謂"陰沉潭底蛟龍窟"，指此。容若於康熙二十一年（1682）三、四月間，扈從清聖祖玄燁出關東巡，三月末四月初在吉林烏拉（今吉林市）望祭長白山，網魚松花江。可能就在這段時間內到過龍潭，寫下了這一闋《憶秦娥》。（又：容若於當年秋奉使黑龍江時也可能經過此地。）

　　此作雄峻冷峭，與容若平素之作風格迥異。值得探索的是容若何以在龍潭會有"興亡滿眼"之嘆，這反映了一種十分複雜的心情。吉林烏拉一帶是明代海西女真中最強的一部烏拉部聚居之地，容若的祖先則是依附於烏拉部的海西女真葉赫部的首領。海西女真各部後陸續被努爾哈赤統率的建州女真攻滅。容若的曾祖父金台什即在努爾哈赤率部眾攻破葉赫老城時拒絕投降，自焚而死。事過六十餘年，金台什的當侍衛的曾孫，卻扈從努爾哈赤的當皇帝的曾孫來到當年海西女真的根本要地，容若思及往事，面對史跡，心中或有隱痛，於是就不勝興亡之感。他另有一闋《浣溪沙·小兀喇》詞（小兀喇即吉林烏拉）約略作於同時同地，也提到"猶記當年軍壘跡，不知何處梵鐘聲。莫將興廢話分明"，可與此作互相參證。

　　山重疊。懸崖一線天疑裂。[1] 天疑裂。斷碑題字，古苔橫齧。[2]　　風聲雷動鳴金鐵。陰沉潭底蛟龍窟。[3] 蛟龍窟。興亡滿眼，舊時明月。[4]

注釋

1　"山重疊"二句：山與山互相重疊，上插蒼穹的懸崖筆直如線，天好像要被裂成兩半。

2　"天疑裂"三句：天好像要被裂成兩半。看斷碑上的題字，已被多年的苔蘚攔腰侵蝕。**古苔**：歷年已久的苔蘚。**齧**（niè 聶）：侵蝕。

　　按：上闋寫山勢險峻，景色荒涼。

3　"風聲"二句：風聲就像驚雷震動一樣，又像戰場上刀槍撞擊，殺聲震天。這陰森森深不可測的潭底應是蛟龍藏身的地方。**鳴金鐵**：此謂兵器碰撞，發出響聲。**窟**：藏身匿居的深穴。

4　**"蛟龍"三句**：這是蛟龍藏身的地方，滿眼都是攻戰征
　　伐的遺跡，曾清楚地看到那興亡勝負景象的舊時明月依
　　然無恙。

　　按：下闋寫懷古之情，興亡之感。

臨江仙 永平道中

題中的"永平",指清代的永平府,其故境在今河北省東北部陡河以東長城以南地區,是出關通遼東的必經之地。當時羅刹(俄羅斯)覬覦中國東北邊境的領土,在黑龍江北岸侵佔土地,強行修建了侵略性的軍事據點雅克薩木城。清聖祖玄燁聞報,即於康熙二十一年(1682)秋派遣副都統郎談、彭春與容若等率領少數騎兵以捕鹿為名前往黑龍江沿岸偵察情勢並聯絡當地梭龍部(梭龍即索倫,是當時對鄂溫克、鄂倫春、達斡爾等民族的總稱)各民族,為在軍事上、外交上挫敗羅刹的擴張圖謀作好準備。郎談等於八月啟程,至十二月下旬返京覆命。容若始終參與其事,萬里遠行,往來途中寫有不少詩詞。但由於任務絕密,因此所作多言離情邊愁而不涉使命。這一闋《臨江仙》作於永平道中,時在初登征程後不久。詞意頗為傷感,傾訴的是戀家之情,遠別之恨。

獨客單衾誰念我?曉來涼雨颼颼。[1] 械書欲寄又還休。簡儂憔悴,禁得更添愁![2]

曾記年年三月病,而今病向深秋。[3] 盧龍風景白人頭。藥鑪煙裹,支枕聽河流。[4]

注釋

1　**"獨客"二句**：獨在異鄉為異客，孤單單地躺在被衾中，有誰顧念我呢？天亮時只聽得颼颼地下起了涼雨。**颼**（sōu 搜）**颼**：風雨聲。鄭谷《鷺鷥》詩："靜眠寒葦雨颼颼。"

2　**"緘書"三句**：封好家信正要寄出，想想還是算了吧。她本已憔悴，哪裏經得起再為我添愁呢！**緘**（jiān 兼）：同"縅"。封、閉。緘書謂把信封封好。**儂**（nóng 農）：彼人，那個人。本是古代吳地方言。**禁**：當得起，受得了。這裏是反問語氣。

3　**"曾記"二句**：我還記得自己年年三月都要發病，如今卻病在深秋時節。

4　**"盧龍"三句**：這盧龍一帶的風景催人頭白，爐上熬著湯藥，煙霧騰騰，就在藥煙之中，我靠倚在枕頭上聽河水流淌。**盧龍**：縣名，縣城在灤河旁，是清代永平府府治所在。**藥鑪**：熬藥用的小爐。鑪同"爐"。**支枕**：用枕頭支撐身體，也就是倚枕的意思。

　　按：盧龍地近邊塞，其時又正當深秋，景物蕭條，所以在作者這樣一位正懷離恨的愁人目中，會有"盧龍風景白人頭"之感。

臨江仙 塞上得家報云秋海棠開矣，賦此

秋海棠是一種多年生草本植物，秋天開花。容若因眷戀舊人，可能對家中院內的秋海棠抱有特殊的感情，他續娶的妻子知道這一點，所以在家信中特意把秋海棠開花的消息告訴他。容若在塞上得信，擬想秋海棠花開的神態，又因花及人，思緒萬千，埋藏在心底的亡故多年的前妻的形象似乎活現在眼前，不由慨嘆舊歡如夢，沉浸在悲痛的感情之中。

此詞見物、見人、見情，既可視為詠物，亦可看作感事，而意旨實在寫情，不妨把它也歸入悼亡一類。

六曲闌干三夜雨，倩誰護取嬌慵？[1] 可憐寂寞粉牆東，已分裙衩綠，猶裹淚綃紅。[2]

曾記鬢邊斜落下，半株涼月惺忪。[3] 舊歡如在夢魂中，自然腸欲斷，何必更秋風！[4]

注釋

1　"六曲"二句：接連下了三夜雨，請誰來保護這偎靠著曲曲折折的欄杆的嬌弱無力的秋海棠呢？六曲闌干：

馮延巳《蝶戀花》詞：“六曲闌干偎碧樹。”六曲言其曲折之多，不是正好有六處曲折。**倩**：請。**慵**（yōng雍）：原意是懶散，這裏指軟弱無力。護取嬌慵是用陸游《花時遍遊諸家園》詩之二“綠章夜奏通明殿，乞借春陰護海棠”語意。

2　　**“可憐”三句**：可憐它冷冷清清地生長在粉牆東側，既分得那人裙衩上的綠，又帶著那人淚綃上的紅。**粉牆**：粉白色的院牆。**裙衩**（chà 岔）：裙旁開口之處。**淚綃**：綃是一種生絲織品。傳說唐代成都官妓灼灼曾用軟綃裹著自己的眼淚寄給情人，因有“淚綃”之稱。這裏當是指綃帕之類的物品。秋海棠的葉子正面綠色，背面紅色。所以説它“已分裙衩綠，猶帶淚綃紅”。

按：上闋遙想家園中秋海棠的狀態，把它擬人化並賦予相當濃厚的感情色彩。“裙衩”、“淚綃”云云，更進而引進了“人”，為下闋悼亡懷舊作了鋪墊。

3　　**“曾記”二句**：還記得她夜半醒來，插戴的秋海棠花從鬢邊斜著落下，這時牀上一半地方正承受著清涼的月色。**惺忪**（xīng sōng 星鬆）：醒悟、甦醒。

按：同是秋海棠，所以很容易就由此及彼，從枝上的花聯想到鬢邊的花，追懷那個戴花的人。

4　　**“舊歡”三句**：舊日的歡情如同是在夢魂中，一想起自然就傷心不已，又何必更要由秋風來引發我的哀思！**舊歡**：舊時歡樂之情。晏殊《謁金門》詞：“往事舊歡何限意？思量如夢寐。”**腸欲斷**：秋海棠一名斷腸花。此云“腸欲斷”，語帶雙關。**秋風**：宋玉《楚辭·九辯》：

"悲哉秋之為氣也。"古人以為秋風給人以肅殺蕭條之感，最易引起傷感之情。

按：容若此詞亦當作於康熙二十一年秋奉使黑龍江途中，其時離開北京還不到一個月。詞中言"舊歡"、言"腸欲斷"，從語氣看，顯然不是出於對暫時分別、不久就會重逢的續娶之妻的思戀，而應理解為都是因悼念前妻而發。盧氏死於康熙十六年（1677）五月，算起來已六年有餘，而容若每一思及，仍然悲懷難遣。

生查子

　　這一闋寫作者在邊地夜深獨處，面對殘燈短焰、欲睡還醒的朦朧情態。上闋不言愁而愁苦自見，下闋如從夢把思家下筆不免落於常套，今竟以夢去浣花溪尋覓詩聖遺跡為言，真是詩人之想，詩人之語。

　　短焰剔殘花，夜久邊聲寂。倦舞卻聞雞，暗覺青綾濕。[1]　　天水接冥濛，一角西南白。欲渡浣花溪，夢遠輕無力。[2]

注釋

1　“短焰”四句：起來剔一下殘燈閃爍的焰花，夜深時
　　分，悲涼的邊聲都已靜寂。倦於聞雞起舞，偏偏雞聲又
　　來催人。夜氣又冷又潮，暗自覺得被子也有點濕了。**邊
　　聲**：由風號、馬嘶、笳角聲等綜合而成的邊地悲涼之
　　聲。李陵《答蘇武書》：“側耳遠聽，胡笳互動，牧馬悲
　　鳴，吟嘯成群，邊聲四起。”**倦舞卻聞雞**：此用東晉祖
　　逖的典故。據《晉書·祖逖傳》，逖有志恢復中原，“與
　　司空劉琨俱為司州主簿，情好綢繆，共被同寢，中夜聞
　　荒雞（半夜啼叫的雞）鳴，蹴琨覺曰：‘此非惡聲也。’
　　因起舞”。後人每以聞雞起舞喻志士奮發。此謂 “倦

舞"，含有不敢自比志士之意。**青綾**：此指以青綾為面
的被子。

2　"**天水**"**四句**：西南角天水相接之處迷迷茫茫，但見泛
出一片白光。朦朧中彷彿夢魂離開了身軀，想遠去西
南，渡過浣花溪，尋覓杜甫草堂，卻又輕飄飄地無力如
願。**冥濛**：模糊不清貌。王泠然《夜光篇》："夜色冥濛
不解顏。"**浣花溪**：錦江支流，在今四川成都市西南。
唐代大詩人杜甫曾居住溪旁，故居今名杜甫草堂。

滿庭芳

　　此詞也是容若出使梭龍途中之作。上半闋極寫絕塞隆冬的荒涼景況和自己悲愴的心情，下半闋則感喟古今興亡，如同棋局翻覆、蠻觸相爭，轉眼成空，毫無意義。這可能是因當年建州女真與海西女真之間的爭鬥而興嘆。全詞寫景、抒情、議論，三者互相映襯，又一氣貫通，融合為茫茫邊愁，從藝術上看，有它成功的地方。

　　堠雪翻鴉，河冰躍馬，驚風吹度龍堆。陰燐夜泣，此景總堪悲。[1] 待向中宵起舞，無人處，那有邨雞，[2] 只應是、金笳暗拍，一樣淚沾衣。[3]　　須知今古事，棋枰勝負，翻覆如斯。[4] 嘆紛紛蠻觸，回首成非。[5] 贏得幾行青史，斜陽下、斷碣殘碑。[6] 年華共、混同江水，流去幾時回？[7]

注釋

1　"堠雪"五句：烏鴉從積雪的土堡上飛起，戰馬在冰凍的河面上躍過，疾風吹越這荒遠的邊塞。陰森森的燐火飄蕩不定，其間似有鬼魂夜哭。這種種景象，都使人感到悲哀。**堠**（hòu 候）：軍中用以瞭望敵情的土堡。**驚風**：急疾強勁的風。**度**·越過。**龍堆**：即白龍堆，沙漠名。在新疆維吾爾自治區羅布泊以東至甘肅省玉門關之間，因流沙堆積蜿蜒如龍而得名。古人詩文每用以泛指僻遠的邊地。**陰燐夜泣**：參見《一絡索·長城》注。**總**：一總，一概。

2 **"待向"三句**：打算夜半聞雞起舞，可是在這荒無人煙的地方，哪裏聽得到雞聲呢！**中宵**：半夜。**起舞**：此用晉祖逖聞雞起舞的典故，參見《生查子》（短焰剔殘花）闋注。**邨**：同村。

3 **"只應是"二句**：要聽，只能聽那胡笳低沉悲哀的節拍，像前人一樣為之淚濕衣襟！**金笳**：銅製的笳。參見《采桑子·塞上詠雪花》注。**拍**：樂曲的音節。笳聲每以"拍"計稱。**一樣淚沾衣**：此句用洪皓《江城梅花引》詞"更聽胡笳哀怨淚沾衣"意。

4 **"須知"三句**：要知道今古興亡，正如棋局勝負這般翻覆不定。**枰**：棋盤。**斯**：這樣。

5 **"嘆紛紛"二句**：可嘆那些帝王將相、英雄豪傑亂紛紛地爭權奪利，不過是蠻觸相鬥，回頭看來都毫無意義。**紛紛**：雜亂繁多貌。**蠻觸**：《莊子·則陽》中有一則寓言，説在蝸牛左角有一個國家，叫做觸氏，右角也有一個國家，叫做蠻氏，兩國為了爭奪地盤，經常進行戰爭，一戰就伏屍數萬。後世遂稱因細故微利而起的爭端為"蠻觸之爭"。

6　　"賸得"二句：只不過留下了史書上的幾行記載以及斜
　　　陽下的幾塊斷殘的石碑而已。**賸**：同"剩"。**青史**：上
　　　古負責記載歷史的太史官用青竹削成的竹簡記事，後人
　　　因稱史書為"青史"。**碣**：圓頂的石碑。古人每立碑記
　　　功，以圖把事跡傳留後世。

7　　"年華"二句：年華最易流逝，與那混同江水一般，一
　　　去何時能回？**混同江**：黑龍江匯入松花江後至烏蘇里江
　　　的一段稱為"混同江"。

滿江紅

　　此是邊愁與別情交織在一起的塞外憶內之作。從
"悲哉秋氣" 句看，當作於康熙二十一年（1682）秋
奉使梭龍途中，詞中提到的 "胭脂山"、"青海"，都
不是實指其地，而是泛指塞外邊遠地區。

　　代北燕南，應不隔，月明千里。誰相
念，胭脂山下，悲哉秋氣。[1] 小立乍驚清露
濕，孤眠最惜濃香膩。況夜烏、啼絕四更
頭，邊聲起。[2]　　銷不盡，悲歌意。勻不
盡，相思淚。想故園今夜，玉闌誰倚！[3] 青海
不來如意夢，紅箋暫寫違心字。道別來、渾
是不關心，東堂桂。[4]

注釋

1　 "代北" 六句：分處兩地，相隔千里，卻共對同一明
　　月。在這一方面應是不會再有什麼阻隔了吧！誰會顧念
　　我現時所在的這塞外之地正充滿了肅殺悲涼的秋氣！代
　　北燕南：代，今山西省北部地區；燕，今北京市及河
　　北省北部、中部地區。這裏言 "代北燕南"，是泛指遠

隔的兩地。**應不隔，月明千里**：此用謝莊《月賦》"隔
千里兮共明月"意。**胭脂山**：即焉支山，在今甘肅省
山丹縣東南。相傳山產紅藍（一種草），可以染色，是
製造婦女化妝用的胭脂的原料之一。漢武帝時霍去病奪
取焉支山，匈奴人作歌道："失我焉支山，使我婦女無
顏色！"容若出塞，是去今東北黑龍江一帶，不經胭脂
山，此僅借其名言邊地之山。**悲哉秋氣**：秋氣指秋天蕭
條肅殺之氣。宋玉《楚辭・九辯》："悲哉秋之為氣也，
蕭瑟兮草木搖落而變衰。"

2　**"小立"四句**：在室外略微站一會兒，忽然吃驚地發現
衣服已被露水浸濕了；獨自睡下，最愛點著的香散發出
濃郁的氣味。何況到了四更時分，烏鴉夜啼，引得邊聲
四起！小立：言站立的時間很短。**乍**：突然。**膩**：這裏
指香氣馥郁。**邊聲**：見前《生查子》（短焰剔殘花）閟
注。

　　按："乍驚清露濕"，言邊地早寒。"最惜濃香膩"，暗
指有所聯想而夜不能寐。下言"況夜烏、啼絕四更頭，
邊聲起"，顯然是更難入睡了。

3　**"銷不盡"六句**：胸中消不盡的，是那種想悲歌一曲的
衝動；臉上揩不乾的是為相思而流淌的眼淚。想今夜故
園家中，她獨靠欄杆，有誰相伴？**悲歌意**：指因邊地肅
殺淒清的氣氛引起的一種悲涼的情緒。**勻**：使均勻。這
裏是指揩拭的意思。

4　**"青海"四句**：在這荒遠的地方，連一個與她團聚的好
夢都做不成。給她寫信，姑且寫一些違心的話，就說別

後一點也不思念她，而只想建功立名。**青海**：此用以代指作者當時所在之地。**紅箋**：紅色的信箋。又用作信箋的美稱。**暫**：暫且，姑且。**渾**：完全。**東堂桂**：彭汸《寄妻》詩："不須化作山頭石，待我堂前折桂枝。"彭妻張氏回寄一詩，曰："聞君折得東堂桂，折罷那能不暫歸。"古以"折桂"喻登科。彭詩意謂妻子不必久等，他求得科第後就會回家。容若亦用此意，不過他早已登第，所謂折桂，是指建立功業。

按："暫寫違心字"，用意是想減輕對方的思念之苦，見體貼之深。

清平樂

　　這是一闋塞外憶內詞：盼家信不至，已有悵惘之意；憶別時情況，又增相思之情；當曉寒夢殘之時面對白月落葉，更是不勝淒涼之感。胸中摯情，筆底流露，語意宛轉，層次分明。

　　塞鴻去矣，錦字何時寄？[1] 記得燈前佯忍淚，卻問明朝行未？[2]　　別來幾度如珪，飄零落葉成堆。[3] 一種曉寒殘夢，淒涼畢竟因誰？[4]

注釋

1　**"塞鴻"二句**：邊塞的雁群已經飛離了，她的書信什麼時候才寄來呢？**塞鴻**：邊塞之雁。鴻為雁之別名，古人有鴻雁傳書的傳說。**錦字**：見前《浣溪沙》（記綰長條欲別難）闋注。

2　**"記得"二句**：還記得離別的前夜，她在燈前忍住眼淚，裝作不在乎的樣子，故意問我明天早晨是不是真的要動身了。**佯忍淚**：此用韋莊《女冠子》詞"別君時，忍淚佯低面，含羞半斂眉"意。**佯**（yáng 羊）：假裝。

3　**"別來"二句**：分別以來，月色已多少回如同玉珪一般明亮潔淨，風中落葉飄零，積聚成堆。**珪**（guī 規）：

古代用美玉製成的一種上圓下方或上尖下方的玉版，是天子、諸侯舉行典禮時手中所執。這裏用珪來比喻月色的璧白。江淹《別賦》："秋露如珠，秋月如珪。明月白露，光陰往來。"

4　　"一種"二句：曉來夢醒，寒氣襲人，景況同以往一樣，卻感到特別淒涼，這到底是為了誰的緣故啊！一種：一樣，同樣。

蝶戀花 出塞

此是出塞路上懷古之作。容若是個感情豐富的人，所以思及鐵馬金戈，青塚黃昏等歷史上的活劇，不免也會感慨沉吟。這也是"一往情深"的一種表現。

今古河山無定數，畫角聲中，牧馬頻來去。[1] 滿目荒涼誰可語？西風吹老丹楓樹。[2]

幽怨從前何處訴？鐵馬金戈，青塚黃昏路。[3] 一往情深深幾許？深山夕照深秋雨。[4]

注釋

1　"今古"三句：由誰主宰大好河山，古往今來，沒有定數，在畫角聲中，牧馬人在這一帶頻來頻去。"定數"一作"定據"。**定數**：定命，天數，天定的運命。**畫角**：見前《菩薩蠻》(朔風吹散三更雪)闋注。**牧馬**：此指北方的遊牧民族。

2　"滿目"二句：眼前一片荒涼，我此時的感情能同誰交流呢？西風陣陣，把路旁的丹楓都吹老了。

3　"幽怨"三句：歷史上有多少幽怨，這些幽怨又能向何處傾訴？鐵馬金戈的悲壯，青塚黃昏的哀愁，都曾出現在這條路上。"何處訴"一作"應無數"。**鐵馬金戈**：指兵馬強壯、戰事激烈。**青塚黃昏**：青塚指王昭君的墳墓，在今內蒙古自治區首府呼和浩特城南二十里。王昭君名嬙（qiáng 牆），漢元帝宮女，因和親遠嫁匈奴。相傳邊地多白草，惟獨昭君的墳墓草色青青，故名"青塚"。杜甫《詠懷古跡》之三："一去紫臺連朔漠，獨留青塚向黃昏。"

4 **"一往情深"二句**：撫今懷古，我一往情深，這深情深到什麼程度呢？就像那深山中的夕陽、深秋時的雨。**一往情深**：《世說新語·任誕》記桓伊聽歌每每不勝感動，謝安因此說他"一往有深情"。後因以"一往情深"指感情豐富，寄情深遠。

按："深山夕陽"言其艷麗，"深秋雨"言其纏綿，而二者又都給人以將衰之感。用它們來作"一往情深"的形象化比喻，十分新穎，也正體現了容若的特色。

采桑子 塞上詠雪花

詠雪花的名句當首推東晉才女謝道蘊的"柳絮因風起",因為以"柳絮"為喻,出色地摹擬了雪花輕盈的特點。容若此作強調了雪花的另外兩種性狀:"冷處偏佳"以及"別有根芽",亦自有其擅勝之處。下半闋進而緊扣"塞上"二字,寫出了邊地之雪的特色,也頗見功力。

非關癖愛輕模樣,冷處偏佳。別有根芽,不是人間富貴花。[1]　謝娘別後誰能惜?飄泊天涯。寒月悲笳,萬里西風瀚海沙。[2]

注釋

1　"非關"四句:我嗜愛雪花,與它悠悠揚揚體態輕盈無關,而是因為它出自冷處,愈冷愈佳,而且根芽在天。它不是人間所種的富貴花。**輕模樣**:孫道絢《清平樂·雪》詞:"悠悠颺颺,做盡輕模樣。"

按:"冷處偏佳。別有根芽,不是人間富貴花",突出了雪花的清冷高潔。容若生在富貴之家,卻不作富貴之態,"蕭然若寒素"(阮葵生《茶餘客話》),此或是用以自比。

2　　"謝娘"四句：謝娘死後誰還憐惜它呢？飄泊到天涯塞
　　　外，在寒冷的月色裏，悲涼的笳聲中，陪伴著萬里西風
　　　和無邊無垠的瀚海黃沙。**謝娘**：指謝道蘊，參見前《憶
　　　江南》（昏鴉盡）關注。**別後**：此是"死後"的委婉説
　　　法。**笳**：古時流行於西北少數民族地區的一種管樂器，
　　　其聲悲壯淒涼。**瀚海**：這裏是指塞外的戈壁沙漠。

菩薩蠻

　　身在塞外，心繫故園。容若奉使途中，雖然也曾以“王事兼程促，休嗟客鬢斑”（《塞外示同行者》）之類的話慰勉同伴，還寫過“還將妙寫簪花手，卻向雕鞍試臂鷹”（《塞垣卻寄》之一）這樣略具豪情的詩句。但總起來看，其出塞諸作過於被離愁別恨所牽拘，殊少英邁之氣。不過，邊塞風光自有特殊的魅力，相思之情置於此中，除淒婉之外，一定程度上也給人以雄渾的感覺。

　　這一闋作於塞外的《菩薩蠻》，較容若平居說愁傷別所作，骨力就似乎顯得遒勁一些。

　　黃雲紫塞三千里，女牆西畔啼烏起。[1] 落日萬山寒，蕭蕭獵馬還。[2]　　笳聲聽不得，入夜空城黑。[3] 秋夢不歸家，殘鐙落碎花。[4]

注釋

1　“黃雲”二句：邊塞僻遠，黃塵迷漫，城上矮牆旁飛起了一群啼叫著的烏鴉。“紫塞”一作“紫氣”，誤。“啼烏”一作“城烏”。黃雲：黃色的塵埃。謝靈運《擬魏

太子鄴中集詩 · 阮瑀》："河洲多沙塵，風悲黃雲起。"
紫塞：邊塞。崔豹《古今注 · 都邑》："秦築長城，土
色皆紫，漢塞亦然，故稱紫塞焉。"**三千里**：此言其
僻遠。**女牆**：城牆上的矮牆。《釋名 · 釋宮室》："城上
垣，曰睥睨（bì nì 必匿），……亦曰女牆，言其卑小，
比之於城，若女子之於丈夫也。"

2 **"落日"二句**：夕陽西下，群山生寒，傳來陣陣馬嘶，
原來是出獵的騎隊回來了。**蕭蕭**：馬叫聲。《詩 · 小
雅 · 車攻》："蕭蕭馬鳴。"

3 **"笳聲"二句**：胡笳的聲音淒涼悲咽，教人不忍聽聞。
夜色降臨，空荒無人的城中一片漆黑。**笳**：參見《采桑
子 · 塞上詠雪花》注。

4 **"秋夢"二句**：塞外秋夜，難以入眠，連歸家的夢都沒
有做成，面對半明不滅的殘燈，看燈花爆落，跌碎在
地。**殘鐙落碎花**：參見《尋芳草 · 蕭寺紀夢》注。

菩薩蠻

　　容若奉使黑龍江，"道險遠，君間行疾抵其界，勞苦萬狀，卒得其要領還報"（韓菼《進士一等侍衛納蘭君神道碑》），此行實有功於國家。由於容若等人的偵察和聯絡，清廷得以在黑龍江邊境各民族的支援下，順利地完成了反擊羅剎侵略的各種佈置。其時容若已死，康熙帝還特意派人祭告容若靈前，以示不忘他的勞績。

　　從"冬將半"、"明日近長安"等語看，這闋《菩薩蠻》當作於黑龍江之行事畢歸京途中，時間約在康熙二十一年（1682）十一月初。詞中所表現的情緒並不昂揚，這可能與容若多愁善感的性格有關；而"勞苦萬狀"的情景，則可從中窺得一二。

　　驚飆掠地冬將半，解鞍正值昏鴉亂。[1] 冰合大河流，茫茫一片愁。[2]　　燒痕空極望，鼓角高城上。[3] 明日近長安，客心愁未闌。[4]

注釋

1　　"驚飆"二句：冬天即將逝去一半，一陣狂風掠地而過。解下馬鞍準備宿歇的時候，正碰上黃昏歸巢的鴉群在空中亂飛亂叫。**飆**（biāo 標）：暴風。**值**：遇到，碰上。

2　**"冰合"二句**：從兩岸往河心擴展的冰層終於把整個河面都覆蓋了，而冰層下大河仍在奔流。眼前茫茫一片，都充滿了愁意。**冰合**：指河冰凍合。**茫茫**：遼闊、深遠貌。

3　**"燒痕"二句**：火燒草地留下的痕跡伸向天邊，我空自極目遠望，總望不見盡頭，高高的城頭傳來鼓角的聲音。**燒痕**：見《風流子‧秋郊即事》注。**鼓角**：軍鼓和號角。此指鼓角聲，古時軍中用以報時、報警或傳達號令。

4　**"明日"二句**：明天離故園所在的北京更近了，可是我這遊子心中的離愁並未減少！**長安**：此指北京。**客心**：旅人遊子思鄉之心。祖詠《望薊門》詩："燕臺一望客心驚。"**闌**：盡，衰減。

臨江仙

　　這闋《臨江仙》也是用女子口吻填寫的：情人晚間失約未來，心中頓生怨恨之情，轉而想到對方必是因故被阻，也就原諒他了，但畢竟不見仍因失望而暗自傷心。

　　昨夜箇人曾有約，嚴城玉漏三更。[1] 一鈎新月幾疎星。夜闌猶未寢，人靜鼠窺鐙。[2]

　　原是瞿唐風間阻，錯教人恨無情。[3] 小闌干外寂無聲。幾回腸斷處，風動護花鈴。[4]

注釋

1　**"昨夜"二句**：昨夜那個人約我相會，時間訂在城中戒嚴後的三更時分。**箇人**：彼人，那個人。詩詞中經常用以代指戀人。箇同"個"。**嚴城**：城中夜間戒嚴。葛洪《抱朴子·詰鮑》："鮑生曰：'人君恐姦釁之不虞，故嚴城以備之也。'"沈約《齊故安陸昭王碑文》："塞草未衰，嚴城於焉早閉。"**玉漏**：漏的美稱。漏是古代的一種計時器，參見《臺城路·塞外七夕》注。

2　**"一鈎"三句**：天幕上掛著一鈎新月，又稀稀疎疎地點綴著幾顆星。夜已很深，人還未睡。悄無人聲，老鼠偷偷出來活動，窺伺著燈下的動靜。**夜闌**：夜深、夜殘。**鼠窺燈**：此用秦觀《如夢令》詞"夢破鼠窺燈"語。

3 **"原是"二句**：他失約不來，原必是因故被阻，就像船行瞿塘峽忽遇打頭風一樣，卻教人錯怪他無情。**瞿唐**：即瞿塘峽，長江三峽之一，其處江狹流急，舊時中有險灘，稍有風波，船隻即不敢行駛。**間阻**：間隔、阻隔。

4 **"小闌干"三句**：小小的欄杆外一片寂靜。聽風吹鈴響，不禁又一回回傷心腸斷。**護花鈴**：見前《太常引》（晚來風起撼花鈴）闊注。此處或是指簷間鐵馬。

念奴嬌 廢園有感

　　入廢園，憶舊情，在荒蕪叢中憑弔往時蹤跡，頓覺韶華如夢，而早年的愛情也正像久已消失的好夢那樣不可追尋。這一闋《念奴嬌》以"廢園有感"為題，表現一種強烈的失落感，是容若慢詞中頗負盛名的作品。全詞未見"愁"、"苦"、"怨"、"恨"等字樣，所謂"即愁苦之音亦以華貴出之"（況周頤《蕙風詞話》卷一）；而寓悵惘哀傷之情於景物描寫之中，意旨深沉。

　　片紅飛減，甚東風不語、只催漂泊？[1]石上胭脂花上露，誰與畫眉商略？[2]碧甃瓶沉，紫錢釵掩，雀踏金鈴索。[3]韶華如夢，為尋好夢擔閣。[4]　　又是金粉空梁，定巢燕子，一口香泥落。[5]欲寫華箋憑寄與，多少心情難託！[6]梅豆圓時，柳綿飄處，失記當時約。[7]斜陽冉冉，斷魂分付殘角。[8]

注釋

1　"片紅"二句：花片紛飛，春光消減，為什麼東風不言不語，只是吹動落花，催逼它們流離飄泊？**片紅飛減**：片紅指飄落的花片。此用杜甫《曲江》詩之一"一片花飛減卻春"句意。**甚**；什麼，怎麼。

2 **"石上"二句**：石頭上落滿花片，花片上凝著露水，畫眉啼個不停，是在同誰議論感嘆這一景象呢？**胭脂**：此指落花。**畫眉**：一種鳴禽。**商略**：商量，評議。

按：花已落，露易乾，商略"石上胭脂花上露"，隱隱有感嘆好景不常、歡情易歇的意思。

上闋一開始就連設兩問，筆法峻峭。

3 **"碧甃"三句**：磚砌的井壁長滿綠草，打水的瓶也已沉沒井底，地上紫色的苔蘚遮掩著當初園中人丟棄的斷釵，鳥雀踏在往昔繫有護花金鈴的繩索上。**甃**（zhòu晝）：磚砌的井壁。井壁爬滿蔓草，呈現綠色，故稱"碧甃"。**紫錢**：青紫色的圓形苔蘚。李賀《過華清宮》詩："雲生朱絡暗，石斷紫錢斜。"王琦注："紫錢，苔蘚之紫色者，其形似錢。"**金鈴索**：參見《太常引》（晚來風起撼花鈴）闋注。護花鈴本為驅鳥而設，現在卻"雀踏金鈴索"，可見園中久已無人居住。

按：三句進一步寫廢園的荒蕪景象。

4 **"韶華"二句**：青春年華如同夢境一般消逝了，為了追尋昔日美好的夢境，我在此留連耽擱。**韶華**：春光，又指青春時度過的歲月。**擔閣**：延遲、留戀。現一般寫作"耽擱"。

5 **"又是"三句**：又看到了那曾經用金粉繪飾過的房樑，樑上空無所有，燕子要在上面定居，偶而掉下一口銜來營巢的泥土。"一口"一作"滿地"。**定巢燕子**：杜甫《堂成》詩："頻來語燕定新巢。"**香泥**：燕子作巢時所銜的泥土稱"燕泥"，美稱為"香泥"。

按：三句化用薛道衡《昔昔鹽》詩"空梁落燕泥"之意，也是寫廢園冷落衰敗的情形。

6　**"欲寫"二句**：想寫一封信請人帶給她，有多少心中的話要說，卻難以寄到。**華箋**：信箋的美稱。**憑**：請。

按：二句含意與陸游《釵頭鳳》詞"山盟雖在，錦書難託"類似。

7　**"梅豆"三句**：青梅如豆，柳絮飄舞，景況似舊，可是我卻已記不起當時約會的地點了。"失記當時約"一作"失寄當初約"。**梅豆**：歐陽修《漁家傲》詞："葉間梅子青如豆。"**柳綿**：即柳絮。

8　**"斜陽"二句**：斜陽緩緩西沉，我只能把自己極度的哀傷之情交付給城上傳來的畫角的餘響。**冉冉**：慢慢地。**斷魂**：因極度悲哀而魂飛神散。**分付**：交付，委託、發落。**殘角**：殘存的角聲。趙以夫《角招》詞："盡分付，許多愁，城頭角。"角指畫角，參見《菩薩蠻》（朔風吹散三更雪）闋注。

臺城路 塞外七夕

　　夏曆七月初七之夜稱為七夕，民間傳說七夕牛郎織女在銀河鵲橋上相會。此詞當作於康熙二十二年（1683）或二十三年（1684），這兩年容若都曾扈從清聖祖出塞避暑並行獵，在塞外度過了七夕。詞上闋首以"白狼河北秋偏早"句切題中"塞外"二字，然後著力摹擬牛郎織女金風玉露一相逢的情景；下闋則由天上轉向人間，聯想到世上有情人多別離相思之苦，其中當然也融入了自己羈旅塞外時的切身之感；末以"今夜天孫，笑人愁似許"作結，頗具餘味。全詞鋪敘自然，意致深遠，而且工整熨貼，蘊藉雅麗，晚清詞學家譚獻稱其"逼近北宋慢詞"（見《篋中詞》卷一）。

　　白狼河北秋偏早，星橋又迎河鼓。清漏頻移，微雲欲濕，正是金風玉露。[1] 兩眉愁聚。待歸踏榆花，那時才訴。只恐重逢，明明相視更無語。[2]　　人間別離無數。向瓜果筵前，碧天凝竚。[3] 連理千花，相思一葉，畢竟隨風何處？[4] 羈棲良苦，算未抵空房，冷香

啼曙！⁵ 今夜天孫，笑人愁似許。⁶

注釋

1   "白狼河北"五句：白狼河北，秋來偏早，今夜銀河上
搭起了鵲橋，又要迎接牽牛渡河去與織女相會了。夜色
漸深，時間一點點流逝，天河邊薄薄的雲層似乎帶上
了濕意，這正是金風吹、玉露降的時候。**白狼河**：見前
《如夢令》（萬帳穹廬人醉）闋注。**星橋**：銀河上的橋，
即民間傳說中七夕由烏鵲搭成供牛郎織女相會的鵲橋。
河鼓：即牽牛星。民間傳說牽牛星為牛郎所化，織女星
為織女所化。**清漏**：漏是古代的一種計時器，一般用若
干相接的銅壺組成，除最下一壺外，每壺底部都有小
孔，可以滴水。最上一壺盛水後，水層層下滴，最下一
壺蓄水多少由刻度表觀得，即據以計算時間。習以"清
漏"為漏的美稱，是因漏中滴水之聲清亮悦耳的緣故。
此云"清漏頻移"，意同"移時"、"移刻"，指時間流
逝。李商隱《七夕》詩："清漏漸移相望久，微雲未接
過來遲。"**金風**：秋風。五行學説以秋天屬金，所以秋
風有"金風"之稱。**玉露**：晶瑩的露水，多指秋露。古
《子夜吳歌》："秋露凝如玉。"李商隱《七夕》詩："由
來碧落銀河畔，可要金風玉露時。"又秦觀《鵲橋仙》
詞："金風玉露一相逢，便勝卻人間無數。"

2   "兩眉"五句：想織女愁眉不展，滿腹心事，想等到踏
著榆花歸去的時候，才對牛郎傾訴。但只怕到了重逢之

時，眼睜睜地雙雙對視，又說不出話來。**歸踏榆花**：歸踏謂歸往牛郎所在之處。曹唐《織女懷牛郎》詩："欲將心向仙郎說，借問榆花早晚秋。"**明明**：形容雙雙對視時的眼神。

3　"人間"三句：人世間相愛之人受到別離之苦的不計其數，今夜有多少女子在庭中陳設瓜果筵向織女乞巧，卻又遙對碧空，癡立凝想。"瓜果筵前"一作"堆筵瓜果"。**瓜果筵**：舊時民間習俗，七夕婦女在庭院中設瓜果筵禮拜織女星，以乞求巧智。《荊楚歲時記》："七夕，婦女結綵樓，穿七孔針，或以金銀瑜石為針，陳瓜果於庭中以乞巧。"**凝佇**：因有所懸想而站著發愣。

按：之所以"碧天凝佇"者，當因由牛郎織女的今夕團圓而思及自己不能與愛人相聚，為之心緒繚亂。

4　"連理"三句：連理枝頭的朵朵鮮花，相思樹上的片片綠葉，隨風飄走，到底飄向何方？**連理**：謂連理枝，見前《木蘭花·擬古決絕詞柬友》注。**相思**：謂相思樹，見前《生查子》(惆悵彩雲飛)闋注。又，干寶《搜神記》言宋康王奪其舍人韓憑之妻何氏，韓憑夫婦皆自殺，葬後兩人的墳上都長出大樹，兩樹屈體相就，根交於下，枝錯於上。宋人名之為"相思樹"。連理枝、相思樹都是愛情忠貞的象徵。

5　"羈棲"三句：離家遠行、棲居他鄉的人心裏真是充滿了愁苦，但這還抵不上獨處空房的閨中人一夜哭到天明的那種苦處。**羈棲**：作客寄居。**冷香**：舊時每以"香"字形容與婦女有關的事物，如"香閨"、"香魂"、"香匳"

等，此則徑以"香"來指代婦女，冷則言其淒清哀怨的狀態。

6　"今夜"二句：今夜，因為與牛郎團聚而感到欣慰的織女，下視人間，應嘲笑人們為什麼會有這麼多的哀愁。**天孫**：即織女。《晉書‧天文志》："織女，天帝女孫也。"**似許**：這樣，這麼多。

蝶戀花

晚清的譚復堂（獻）評容若所填諸闋《蝶戀花》是 "勢縱語咽，淒澹無聊"，並且認為 "延巳（南唐詩人馮延巳）六一（北宋詞人歐陽修）之後，僅見湘真（明末詞人陳子龍）"（見《篋中詞》卷一），說容若之作完全可以同膾炙人口的前人同調名篇相媲美。所謂 "勢縱"，是指情感積蘊既多，發之於詞，自有縱放之勢，可以開闔自如。所謂 "語咽"，是指欲語不語，言短意長，有含蓄不盡之妙。而 "淒澹無聊"，則是說淒婉傷感，有一種無可寄託的悲哀。觀容若以下三闋《蝶戀花》，可知譚氏的八字評別具隻眼，所言不誣。

眼底風光留不住，和暖和香，又上雕鞍去。[1] 欲倩煙絲遮別路，垂楊那是相思樹！[2]
惆悵玉顏成間阻，何事東風，不作繁華主。[3] 斷帶依然留乞句，斑騅一繫無尋處。[4]

注釋

1 "眼底" 三句：眼下風光雖好，也已留不住他了。看他伴同著暖意和香氣，又跨上雕鞍，乘馬離去。**雕鞍**：有雕飾的華美馬鞍。

2　**"欲倩"二句**：想請柳枝遮斷他別我而去的道路，可是垂楊不是相思樹，它哪裏懂得為別情而苦的人的心情！**倩**（qiàn 欠）：請。**煙絲**：見前《踏莎行》（春水鴨頭）闋注。**相思樹**：見前《生查子》"惆悵彩雲飛"闋注。

3　**"惆悵"三句**：使人懊傷的是，縱然有美好如玉的容顏，也未能讓他留在身邊，如今二人之間有了阻隔。問東風為什麼不替群芳作主，使春色多留些日子呢？**惆悵**：見前《生查子》（惆悵彩雲飛）闋注。**玉顏**：言女子貌美如玉。**間阻**：間隔、阻隔。**繁華**：原指花盛開，引伸為指人的青春時光。

　　按："何事東風，不作繁華主"二句從嚴蕊《卜算子》詞"花開花落自有時，總賴東風主"化出。在這裏除了因春色易逝而感慨盛年不常外，還有嘆息對方熱戀之情消失太快的意思。

4　**"斷帶"二句**：斷下的衣帶上仍然留著請他題寫的詩句，而他這一去，又不知把馬繫在誰家門前樹上了。**斷帶留乞句**：此用李商隱《柳枝》詩序所述故事，參見《臨江仙·寒柳》注。**斑騅**（zhuī 追）：毛色黑白相雜的馬。李商隱《無題》詩："斑騅只繫垂楊岸。"

　　按：此詞以女子口吻出之，寫愛人離去的怨情。

205

蝶戀花

又到綠楊曾折處，不語垂鞭，踏遍清秋路。[1] 衰草連天無意緒，雁聲遠向蕭關去。[2]

不恨天涯行役苦，只恨西風，吹夢成今古。[3] 明日客程還幾許？霑衣況是新寒雨。[4]

注釋

1 "又到" 三句：騎馬垂鞭又到了當初曾經折柳送別的地方，在淒清的秋色中，不聲不響，踏遍了這一帶的道路。

按：古時送人遠行，每於郊外折柳條贈別。此謂當自己遠出行役之時，行經當初為人送別之處，不覺觸動離愁，徘徊不忍去。

2 "衰草" 二句：枯草一望無邊，似乎同天黏連在一起。對此景象，心情本自不佳，又聽得鳴叫著的雁群向遠處飛去。**衰草**：枯萎的草。秦觀《滿庭芳》詞："山抹微雲，天連衰草。"盧祖皋《宴清都》詞："更那堪天連衰草。"**意緒**：心情，思緒。**蕭關**：古關名，故址在今寧夏回族自治區固原縣東南。這裏用以泛指遠遠之地。

3 "不恨" 三句：不恨這次要行役天涯，備嘗艱苦，只恨世事茫茫，從古到今，就像西風吹夢一樣變幻不定。**行役**：此指因公差遣，跋涉旅途。

4　**"明日"二句**：明天不知還要趕多少路程，何況又是新寒時節，雨濕衣衫。**程**：指一日所行的里程。

　　按：此詞寫行役之苦。因是不得已奉命而行，所以心情鬱悶，更有世事如夢，難以自料的感嘆。容若於康熙二十一年（1682）秋曾奉使黑龍江地區，這闋詞可能就是在離京後不久寫的。

蝶戀花

　　蕭瑟蘭成看老去，為怕多情，不作憐花句。[1] 閣淚倚花愁不語，暗香飄盡知何處。[2]

　　重到舊時明月路，袖口香寒，心比秋蓮苦。[3] 休說生生花裏住，惜花人去花無主。[4]

注釋

1　"蕭瑟"三句：飄泊寂寞的庾蘭成眼看已經變老，因為擔心經受不住深情的折磨，再也不寫傷春憐花的詩句了。蕭瑟：原指秋風吹動樹木的聲音；這裏用來形容人，指飄泊羈旅，寂寞失意。蘭成：庾信的別名。庾信字子山，南北朝時南陽新野人。善作詩賦，文名甚盛。初仕梁，奉梁元帝之命出使西魏，被留不放還。後又由西魏入北周，官至驃騎大將軍、開府儀同三司。庾信雖然被迫留仕北朝，但心懷故國，常有鄉土之思。晚年所作詩賦哀傷沉痛，蒼勁悲涼。他在《哀江南賦》中曾自稱"蘭成"，陸龜蒙《小名錄》言："庾信幼而俊邁，聰敏絕倫。有天竺僧呼信為蘭成，因以為小字。"這裏容若是以庾信自比。

按："蕭瑟蘭成看老去"，取意於杜甫《詠懷古跡》之一

"庾信平生最蕭瑟，暮年詩賦動江關"二句。容若自比庾信，"看老去"云者，其實是人未老而強言老。古代文人多有此病，不獨容若如此。

2　　**"閣淚"二句**：帶著滿眶淚水倚欄看花，含愁不語。落花飄盡，不知飄向什麼地方。**閣淚**：淚水留在眼眶裏。參見《菩薩蠻》（為春憔悴留春住）闋注。**暗香**：清幽的香氣，多指花香。

3　　**"重到"三句**：重新來到這鋪滿月光的舊遊之路，袖口沾染著香氣和寒意，心卻比秋蓮還苦。**秋蓮苦**：蓮心味苦，結成於秋季，故云。晏幾道《生查子》詞："遺恨幾時休？心抵秋蓮苦！"

4　　**"休說"二句**：不要說什麼生生世世住在花叢之中，愛花的人長逝以後，這些花就無人護持了。**惜花人去花無主**：此反用辛棄疾《定風波·詠海棠花》詞"畢竟花開誰竟主？記取，大都花屬惜花人"之意。

　　按：此詞寫傷春感舊。觀末句"惜花人去花無主"，惜花人似指亡妻，則又是悼亡之作。

少年遊

人生貴在相知心，交友如此，戀愛更是如此。但作者那位知心稱意的戀人已十年沒有音信了，想起往事，他十分煩惱，有不堪回首之感。

算來好景只如斯，惟許有情知。[1] 尋常風月，等閒談笑，稱意即相宜。[2] 十年青鳥音塵斷，往事不堪思。[3] 一鉤殘照，半簾飛絮，總是惱人時。[4]

注釋

1   “算來”二句：算起來，一年好景不過如此而已，真正的良辰美景只有多情的人才能體會。斯：這樣。

    按：從下半闋的“半簾飛絮”看來，此“好景”當指晚春的景色。

2   “尋常”三句：平平常常的風月，普普通通的談笑，對互相稱意的情人來講，就是最合適、最可愛的。風月：這裏指清風明月等景色，不必理解為隱指男女情愛的風月。等閒：普遍，平常。稱意：滿意。

3   “十年”二句：一別十年，無人傳信，她的消息已完全斷絕，往事真是不堪回想。**青鳥**：《山海經‧大荒西經》說西王母身邊"有三青鳥，赤眉黑目"。《漢武故事》又言漢武帝想求得西王母下降，在承華殿齋戒通神，忽見一青鳥從西方來，東方朔說青鳥就是西王母的使者，過了一會兒，西王母果然來了。後世因把傳信或通問消息的使者稱為"青鳥"。薛道衡《豫章行》："願作王母三青鳥，飛去飛來傳消息。"**音塵**：信息。李白《憶秦娥》詞："樂遊原上清秋節，咸陽古道音塵絕。"

4 **"一鈎"三句**：夕陽只剩下彎彎一鈎，簾外飛絮濛濛，這春天的黃昏，總是使人煩惱。

按："殘照"而言"一鈎"，當因夕陽依山而落，其大半已為弧形的山頭遮沒。"飛絮"而言"半簾"，則指其悠悠揚揚，撲簾而來，為數極多。

河瀆神

　　下面二闋《河瀆神》都是寫秋夜相思之情，或係同時之作。二詞化用前人詩詞成句頗為得法，似乎招之即來，揮之即去，能任意取以表達自己的思想感情，而又不露明顯的斧鑿痕。

　　涼月轉雕闌，蕭蕭木葉聲乾。[1]銀鐙飄落瑣窗間，枕屏幾疊秋山。[2]　　朔風吹透青縑被，藥鑪火暖初沸。[3]清漏沉沉無寐，為伊判得憔悴。[4]

注釋

1　"涼月"二句：帶著涼意的月亮轉到欄杆的另一邊去了，樹木的枝葉在風中發出乾澀的響聲。**雕闌**：雕刻精美的欄杆。**蕭蕭木葉聲乾**：柳永《傾杯》詞："空階下，木葉飄零，颯颯聲乾，狂風亂掃。"蕭蕭義同颯颯，都是形容草木在風中搖落的聲音。

2　"銀鐙"二句：只見燈花飄落窗上，枕邊屏風上畫著重重疊疊的秋山。**銀鐙飄落**：此謂燈燼爆落。銀鐙泛指華美的燈。**瑣窗**：鏤刻成連瑣圖案的窗櫺。

按：四句寫夜深不寐時眼所見、耳所聞。云"幾疊秋山"，似乎聯想到自己與戀人之間的種種阻隔。

3　"朔風"二句：寒冷的北風吹透了蓋在身上的青綾被，藥鑪火正旺，熬的湯藥剛剛沸騰。縑（jiān 肩）：細密的絹。藥鑪：熬藥的小火爐。王彥泓《述婦病懷》詩之六："無奈藥鑪初欲沸，夢中已作殷雷聲。"

4　"清漏"二句：漏聲深沉，長夜難寐，為了她，我拚著就這樣憔悴下去。清漏：見前《臺城路・塞外七夕》注。沉沉：深沉貌。令狐楚《宮中樂》之四："仙漏夜沉沉。"伊：第三人稱代詞，她。判：同"拚"。憔悴（qiáo cuì 喬翠）：身體虛弱，臉色很不好看。柳永《蝶戀花》詞："衣帶漸寬終不悔，為伊消得人憔悴。"

河瀆神

　　風緊雁行高，無邊落木蕭蕭。[1] 楚天魂夢
與香銷，青山暮暮朝朝。[2]　　斷續涼雲來一
縷，飄墜幾絲靈雨。[3] 今夜冷紅浦溆，鴛鴦棲
向何處？[4]

注釋

1　**"風緊"**二句：秋風勁吹，雁群高飛，無邊無際的樹木
　　枝葉搖落，在風中作響。**緊**：急。**雁行**（háng 航）：
　　雁群排成的行列，雁陣。**無邊落木蕭蕭**：杜甫《登高》
　　詩："無邊落木蕭蕭下。"

2　**"楚天"**二句：香已燃盡，與她相會的好夢也像香煙一
　　樣消散了，只有那青山不分朝暮，天天出現在眼前。**楚
　　天魂夢**：此用宋玉《高唐賦》所言楚襄王夢見巫山神女
　　之典，以喻自己與所戀之人夢中歡聚。參見《江城子》
　　（濕雲全壓數峰低）關注。

3　**"斷續"**二句：天上飛過一縷斷若斷續的涼雲，又飄下
　　少許雨絲。**靈雨**：好雨。《詩·鄘風·定之方中》："靈
　　雨既零。"鄭玄箋曰："靈，善也。"
　　按：此言涼雲靈雨，似亦因《高唐賦》所謂巫山神女

"旦為朝雲，暮為行雨"而言。

4　"今夜"二句：今夜水邊灘畔，在沾滿冷露的紅蓼叢中，對對鴛鴦將向何處棲宿？"棲"一作"飛"。**紅**：紅似指蓼花。蓼為一種水生植物，秋季開花，花多紅色。**浦溆**（xù 序）：水邊。王維《曲江侍宴》詩："畫旗搖浦溆。"

按：二句本從李商隱《獨居有懷》詩"浦冷鴛鴦去"化出。此時忽而念及鴛鴦，自是情人之思。

太常引 自題小照

與容若同時代的詩人吳天草曾作《題楞伽出塞圖》
五古一首,詩云:"出關塞草白,立馬心獨傷。秋風
吹雁影,天際正茫茫。豈念衣裳薄,還驚鬢髮蒼。金
閨千里月,中夜拂流黃。"容若曾奉使塞外,而其別
號又正稱"楞伽山人",所以吳詩實為題容若畫像之
作。這闋《太常引》,所敘時、地、景與吳詩相合,
詞題曰"自題小照",所題之照有極大可能就是這幅
"出塞圖"。

歷來自題畫像的詩詞,立意不外乎以下數端:或
慷概述志,奮發自勉;或志滿意得,欣然自慰;或感
嘆生平,低徊自傷;或故作豁達,詼諧自嘲。容若此
作,似可歸入"自傷"一類;但就其格調而言,則是
冷峭多於低沉。

西風乍起峭寒生,驚雁避移營。[1] 千里暮
雲平,休回首、長亭短亭。[2]　　無窮山色,
無邊往事,一例冷清清。[3] 試倩玉簫聲,喚千
古、英雄夢醒![4]

注釋

1   **"西風"** 二句：西風驟然颳起，帶來了逼人的寒氣，驚
    飛的雁群正在躲避移營開拔的軍隊。**乍**：突然。**峭寒**：
    嚴寒。**移營**：軍隊移防。

    按：二句描寫的邊塞秋色，連同下句"千里暮雲平"，
    可能就是作者小像的襯景。

2   **"千里"** 二句：廣闊無垠的暮雲連成一片，不要再回頭
    看那路上的長亭短亭。**千里暮雲平**：王維《觀獵》詩：
    "回看射雕處，千里暮雲平。"此用其原句。**長亭短亭**：
    庾信《哀江南賦》："十里五里，長亭短亭。"古時官道
    上每隔十里建一長亭，每隔五里建一短亭，以供行人
    休息。

    按：漸行漸遠，回顧來路，就更添離愁，所以說"休回
    首、長亭短亭"。又，此言思歸而不得歸之苦，與相傳
    為李白作的《菩薩蠻》詞中"何處是歸程，長亭連短亭"
    二句意同。

3   **"無窮"** 三句：眼前的無邊山色，心中的無窮往事，一
    概都是冷冷清清。**一例**：一樣，一概。

4   **"試倩"** 二句：我想請人吹出悲怨蒼涼的簫聲，把千古
    以來英雄的迷夢喚醒。**倩**：請人代做某事。**玉簫**：玉製
    的簫，又多用作簫的美稱。

點絳唇 黃花城早望

　　黃花城在山西省山陰縣北境黃花嶺後，地處雁北塞上，而距五臺山不過一天多一點的路程。容若於康熙二十二年（1683）二月和九月曾兩次扈從清聖祖玄燁巡幸五臺山，其中一次可能曾受命去大同一帶辦理某事，途經黃花城宿夜，乃有此作。

　　此詞寫月照積雪，雁起平沙，而人立西風之中，獨對茫茫長夜茫茫大地，表達了一種空曠寂寞之感。情景相生，頗具感染力。

　　五夜光寒，照來猜雪平于棧。[1] 西風何限，自起披衣看。[2] 　　對此茫茫，不覺成長嘆。[3] 何時旦？曉星欲散，飛起平沙雁。[4]

注釋

1　"五夜"二句：五更時分，在帶著寒意的月光照耀下，只見遠處的積雪已與棧道相平。**五夜**：漢時分一夜為甲、乙、丙、丁、戊五段，稱"五夜"，亦即五更。此處五夜指戊夜將盡的五更時分。**棧**：在山岩險絕之處傍山架木而成的通道。

218

2　　"西風"二句：西風彷彿要無休無止地颳下去，我披衣
　　起來觀此景象。

3　　"對此"二句：對著這茫茫一片，不覺長嘆一聲。茫
　　茫：空闊廣漠貌。此處既指時間，也指空間。

4　　"何時旦"三句：什麼時候天亮啊，曉星快要消失了，
　　從平闊的沙地上飛起了雁群。

　　按：雁是候鳥，塞上二月當無雁群。聯繫"西風"云云
來看，此詞作於康熙二十二年秋的可能性較大。雁北苦寒，
夏曆九月有雪並不奇怪。

臨江仙

　　此詞上闋言及秋風，下闋卻云春雲春水、細雨楊花。雖然前後時序不一，但並不矛盾，因為一則追寫分別之時、既別之初，一則擬想重逢之後。詞當是康熙二十三年（1684）九、十月間扈從清聖祖南巡時舟上所作。自嘆“不如燕子還家”，對侍衛生涯不滿而又無可奈何之情，溢於言表。全詞看似未曾著意經營，然而疏宕清麗，不失為集中佳構之一。

　　長記碧紗窗外語，秋風吹送歸鴉。片帆從此寄天涯。[1] 一鐙新睡覺，思夢月初斜。[2]

　　便是欲歸歸未得，不如燕子還家。[3] 春雲春水帶輕霞。畫船人似月，細雨落楊花。[4]

注釋

1　“長記”三句：我總記得分別前碧紗窗外傳來烏鴉的啼叫聲，這是秋風在吹送牠們歸巢。我卻從此乘舟遠去，寄跡天涯。**碧紗窗外語**：李白《烏夜啼》詩：“碧紗如煙隔窗語。”語指烏鴉啼聲。**片帆**：孤舟。康熙南巡，史稱“船來船去”。**寄**：寄身，寄跡。

2　　“一鐙”二句：剛剛睡醒，獨對燈光，回憶著夢中情景，正見明月斜掛天邊。覺：醒來。

3　　“便是”二句：這可就是欲歸不得，反不如燕子秋去春還，能定時回家。燕子還家：燕子是候鳥，營巢屋樑，隔年歸來，能認明舊巢。

4　　“春雲”三句：春雲、春水、外帶淡淡的彩霞，我渴望到春來能同她共坐畫船，看水波興雲霞相映，人兒像明月一樣皎潔；再一起欣賞細雨濛濛，柳絮飛舞的景色。畫船：裝飾華麗的遊船。

　　按：韋莊《菩薩蠻》詞云：“春水碧於天，畫船聽雨眠。壚邊人似月，皓腕凝霜雪。”此言“春水”、言“畫船”、言“細雨”、言“人似月”，顯然是受到韋詞的影響。所言種種，出於擬想，也正是作者所嚮往的。